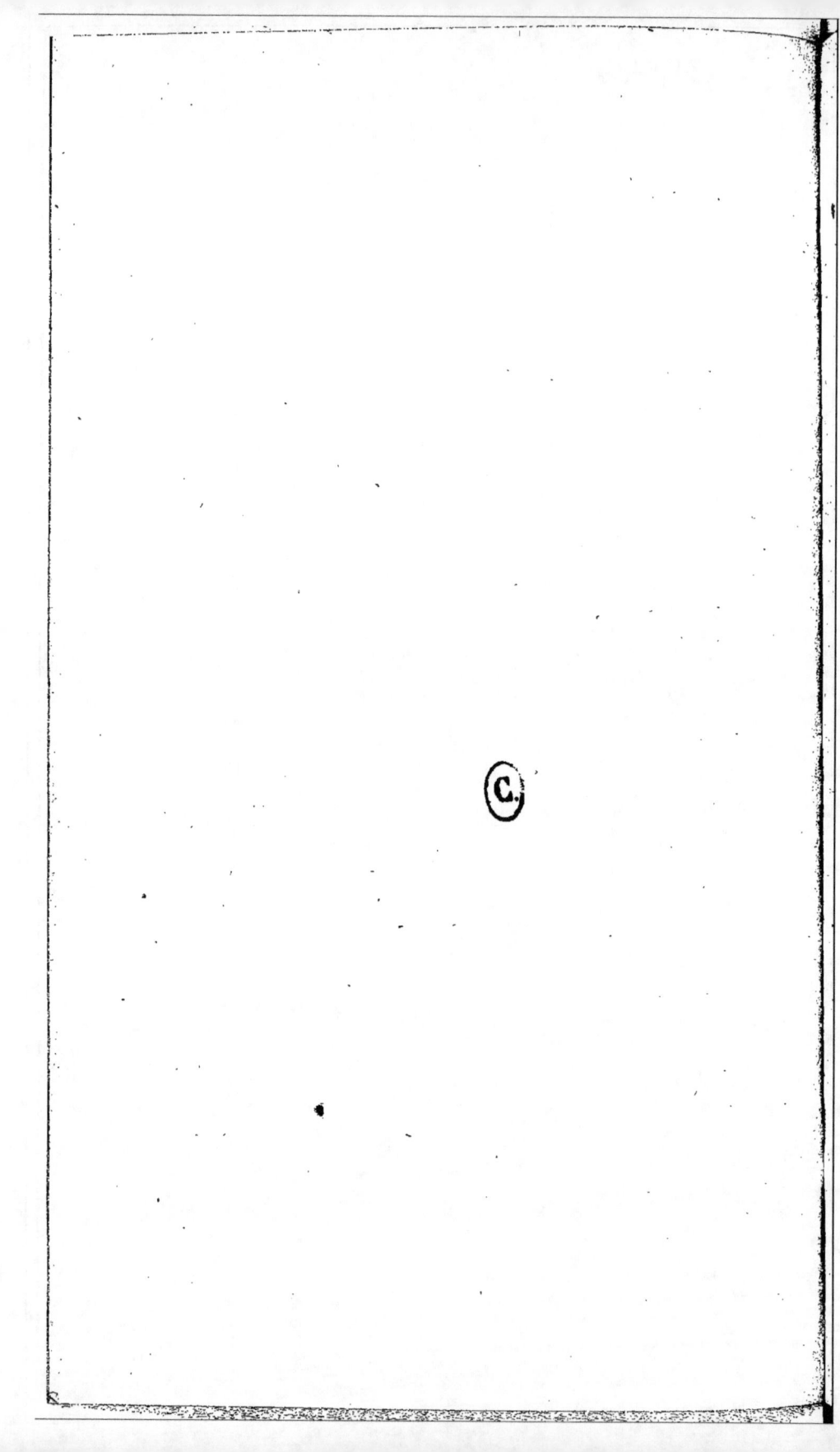

(C.)

LA COMTESSE DE RUDOLSTADT.

LIVRES DE FONDS.

GEORGE SAND.

La Comtesse de Rudolstadt.	5 vol. in-8.
Consuelo.	8 vol. in-8
Horace.	3 vol. in-8.

Mme MÉLANIE WALDOR.

La Coupe de Corail.	2 vol. in-8.
André le Vendéen.	2 vol. in-8.
Le Château de Ramsberg, (Sous presse).	2 vol in-8

S. HENRY BERTHOUD.

La Bague Antique.	Première série.—Courtisanne et Sainte.	2 vol. in-8.
	Deuxième série. — Gabriel Rusconnetz.	2 vol. in-8.
	Troisième série. — Berthe Frémicourt.	2 vol. in-8.
	Quatrième série. — L'Enfant sans Mère.	2 vol in-8.
Le Fils du Rabbin.		2 vol. in-8.

TOUCHARD LAFOSSE.

Hélène de Poitiers.	2 vol. in-8.
Un Lion aux bains de Vichy	2 vol. in-8.
Le Rémouleur ou la Jeunesse dorée.	3 vol. in-8.
Les trois Aristocraties	2 vol. in-8.
L'Homme sans Nom.	2 vol in-8.

Andalousia, par LOTTIN DE LAVAL.	2 vol. in-8.
Les Comtes de Montgommery, par LE MÊME.	2 vol. in-8.
Le Cabaret de Ramponneau, par AMÉDÉE DE BAST.	2 vol. in-8.
Les Brodeuses de la Reine, par ERNEST ALBY.	2 vol. in-8.
L'Échelle de Soie, par HYPPOLYTE LUCAS.	2 vol. in-8.
Le Grenadier de l'Ile d'Elbe, par BARGINET (de Grenoble).	2 vol. in-8.
Fleur d'Épée, par A. de KERMAINGUY.	2 vol. in-8.
Le Diamant de la Vouivre, par LOUIS JOUSSERANDOT.	2 vol. in-8.
Le Capitaine Spartacus, par PAUL FÉVAL.	2 vol. in-8.
Le Duc de Bassano, souvenirs intimes de la République et de l'Empire, recueillis et publiés par CHARLOTTE DE SOR.	2 vol. in-8.
Un Secret dans le Mariage, par MADAME SOPHIE PANNIER.	2 vol. in-8.
Les Deux Amours, par ÉMILE BIGILLION.	2 vol. in-8.
La Poule aux Œufs d'or, par JULES LACROIX.	2 vol. in-8.
Le Yacht du Diable, par JULES DAVID.	2 vol. in-8.

Sceaux. — Impr. de E. Dépée

GEORGE SAND.

LA COMTESSE

DE

RUDOLSTADT.

V

PARIS,

L. DE POTTER, LIBRAIRE-ÉDITEUR,

Rue Saint-Jacques, 38.

1844.

ÉPILOGUE.

Si nous avions pu nous procurer sur l'existence d'Albert et de Consuelo, après leur mariage, les documents fidèles et détaillés qui nous ont guidé jusqu'ici, nul doute que nous ne pussions fournir encore une longue carrière, en vous racontant leurs voya-

ges et leurs aventures. Mais, ô lecteur persé-
vérant, nous ne pouvons vous satisfaire ; et
vous, lecteur fatigué, nous ne vous deman-
dons plus qu'un instant de patience. Ne nous
en faites, l'un et l'autre, ni un reproche ni un
mérite. La vérité est que les matériaux à
l'aide desquels nous eussions pu, ainsi que
nous l'avons fait jusqu'à présent, coordonner
les évènements de cette histoire, disparais-
sent, en grande partie, pour nous, à partir
de la nuit romanesque qui vit bénir et consacrer l'union de nos deux héros, chez les
Invisibles. Soit que les engagements contrac-
tés par eux, dans le Temple les aient empêchés de se confier à l'amitié dans leurs lettres,
soit que leurs amis, affiliés eux-mêmes aux
mystères, aient, dans des temps de persécution, jugé prudent d'anéantir leur corres-
pondance, nous ne les apercevons plus qu'à
travers un nuage, sous le voile du Temple ou

sous le masque des adeptes. Si nous nous en
rapportions, sans examen, aux rares traces
de leur existence qui nous apparaissent dans
notre provision de manuscrits, nous nous
égarerions souvent à les poursuivre ; car des
preuves contradictoires nous les montrent
tous deux sur plusieurs points géographiques
à la fois, ou suivant certaines directions diverses dans le même temps. Mais nous devi-
nons aisément qu'ils donnèrent volontaire-
ment lieu à ces méprises, étant, tantôt voués
à quelque entreprise secrète dirigée par les
Invisibles, et tantôt forcés de se soustraire,
à travers mille périls, à la police inquisito-
riale des gouvernements. Ce que nous pouvons affirmer sur l'existence de cette âme en
deux personnes qui s'appela Consuelo et Albert, c'est que leur amour tint ses promesses, mais que la destinée démentit cruellement celles qu'elle avait semblé leur faire

durant ces heures d'ivresse qu'ils appelaient
leur *songe d'une nuit d'été*. Cependant ils ne
furent point ingrats envers la Providence,
qui leur avait donné ce rapide bonheur dans
toute sa plénitude, et qui, au milieu de leurs
revers, continua en eux le miracle de l'amour
annoncé par Wanda. Au sein de la misère,
de la souffrance et de la persécution, ils se
reportèrent toujours à ce doux souvenir qui
marqua dans leur vie comme une vision céleste, comme un bail fait avec la divinité pour
la jouissance d'une vie meilleure, après une
phase de travaux, d'épreuves et de sacrifices.

Tout devient, d'ailleurs, tellement mystérieux pour nous dans cette histoire, que nous
n'avons pas seulement pu découvrir dans
quelle partie de l'Allemagne était située cette
résidence enchantée, où, protégé par le tumulte des chasses et des fêtes, un prince,

anonyme dans nos documents, servit de point de ralliement et de moteur principal à la conspiration sociale et philosophique des Invisibles. Ce prince avait reçu d'eux un nom symbolique, qu'après mille peines pour deviner le chiffre dont se servaient les adeptes, nous présumons être celui de Christophore, *porte-Christ,* ou peut-être bien Chrysostôme, *bouche d'or.* Le temple où Consuelo fut mariée et initiée, ils l'appelaient poétiquement le *saint Graal,* et les chefs du tribunal, les *templistes;* emblêmes romanesques, renouvelés des antiques légendes de l'âge d'or de la chevalerie. Tout le monde sait que, d'après ces riantes fictions, le saint Graal était caché dans un sanctuaire mystérieux, au fond d'une grotte inconnue aux mortels. C'était là que les templistes, illustres saints du Christianisme primitif, voués, dès ce monde, à l'immortalité, gardaient la coupe précieuse dont

Jésus s'était servi pour consacrer le miracle de l'Eucharistie, en faisant la pâque avec ses disciples. Cette coupe contenait, sans doute, la grâce céleste, figurée tantôt par le sang, tantôt par les larmes du Christ, une liqueur divine, enfin une substance eucharistique, sur la nature mystique de laquelle on ne s'expliquait pas, mais qu'il suffisait de voir pour être transformé au moral et au physique, pour être à jamais à l'abri de la mort et du péché. Les pieux paladins qui, après des vœux formidables, des macérations terribles et des exploits à faire trembler la terre, se vouaient à la vie ascétique du *chevalier errant*, avaient pour idéal de trouver le saint Graal au bout de leurs pérégrinations. Ils le cherchaient sous les glaces du Nord, sur les grèves de l'Armorique, au fond des forêts de la Germanie. Il fallait, pour réaliser cette sublime conquête, affronter des périls analogues à ceux du jardin des Hespérides, vaincre les monstres, les éléments, les peuples barbares, la faim, la soif, la mort même. Quelques-uns de ces Argonautes chrétiens découvrirent, dit-on, le sanctuaire, et furent régénérés par la divine coupe; mais ils ne trahirent jamais ce secret terrible. On connut leur triomphe à la force de leur bras, à la sainteté de leur vie, à leurs armes invincibles, à la transfiguration de tout leur être; mais ils survécurent peu, parmi nous, à une si glorieuse initiation : ils disparurent d'entre les hommes, comme Jésus après sa résurrection, et passèrent de la terre au ciel, sans subir l'amère transition de la mort.

Tel était le magique symbole qui s'adaptait en réalité fort bien à l'œuvre des Invisibles. Durant plusieurs années, les nouveaux tem-

plistes conservèrent l'espoir de rendre leur
saint Graal accessible à tous les hommes. Albert travailla efficacement, sans aucun doute,
à répandre les idées mères de la doctrine. Il
parvint aux grades les plus avancés de l'ordre ;
car nous trouvons quelque part la liste de ses
titres, ce qui prouverait qu'il eut le temps de
les conquérir. Or chacun sait qu'il fallait qua-
tre-vingt et un mois pour s'élever seulement
aux trente-trois degrés de la maçonnerie, et
nous croyons être certain qu'il en fallait ensuite beaucoup davantage pour franchir le
nombre illimité des degrés mystérieux du
saint Graal. Les noms des grades maçonniques ne sont plus un mystère pour personne ;
mais on ne nous saura peut-être pas mauvais
gré d'en rappeler ici quelques uns, car ils
peignent assez bien le génie enthousiaste et
la riante imagination qui présidèrent à leur
création successive :

« Apprenti, compagnon et maître maçon, maître secret et maître parfait, secrétaire, prévôt et juge, maître anglais et maître irlandais, maître en Israël, maître élu des neuf et des quinze, élu de l'inconnu, sublime chevalier élu, grand maître architecte, royalarche, grand Ecossais de la loge sacrée ou sublime maçon, chevalier de l'épée, chevalier d'Orient, prince de Jérusalem, chevalier d'Orient et d'Occident, rose croix de France, d'Hérédom et de Kilwinning, grand pontife ou sublime Ecossais, architecte de la voûte sacrée, pontife de la Jérusalem céleste, souverain prince de la maçonnerie ou maître *ad vitam*, noachite, prince du Liban, chef du tabernacle, chevalier du serpent d'airain, Ecossais trinitaire ou prince de merci, grand commandeur du temple, chevalier du soleil, patriarche des croisades, grand maître de la lumière, chevalier Kadosh, chevalier de l'aigle blanc et de l'aigle noir, chevalier du phénix, chevalier de l'iris, chevalier des Argonautes, chevalier de la toison d'or, grand inspecteur-inquisiteur-commandeur, sublime prince du royal secret, sublime maître de l'anneau lumineux, etc., etc. (1). »

A ces titres, ou du moins à la plupart d'entre eux, nous trouvons des titres moins connus accolés au nom d'Albert Podiebrad, dans un chiffre moins lisible que celui des francs-maçons, tels que chevalier de Saint-Jean, sublime Joannite, maître du nouvel Apocalypse, docteur de l'Évangile éternel, élu de l'Esprit-Saint, templiste, aréopagite, mage, homme-peuple, homme-pontife, homme-roi,

(1) Plusieurs de ces grades sont de diverses créations et de divers rites. Quelques-uns sont peut-être postérieurs à l'époque dont nous parlons. Nous renvoyons la rectification aux *thuileurs* érudits. Il y a eu, je crois, plus de cent grades dans certains rites.

homme nouveau, etc. Nous avons été surpris
de voir ici quelques titres qui sembleraient
empruntés par anticipation à l'Illuminisme
de Weishaupt ; mais cette particularité nous
a été expliquée plus tard, et n'aura pas besoin de commentaire pour nos lecteurs à la
fin de cette histoire.

À travers le labyrinthe de faits obscurs,
mais profonds, qui se rattachent aux travaux,
aux succès, à la dispersion et à l'extinction
apparente des Invisibles, nous avons bien de
la peine à suivre de loin l'étoile aventu-
reuse de notre jeune couple. Cependant en
suppléant par un commentaire prudent à ce
qui nous manque, voici à peu près l'historique abrégé des principaux évènements
de leur vie. L'imagination du lecteur aidera
à la lettre ; et pour notre compte, nous ne
doutons pas que les meilleurs dénoûments ne
soient ceux dont le lecteur veut bien se char-

ger pour son compte, à la place du narra-
teur (1).

Il est probable que ce fut en quittant le
saint Graal que Consuelo se rendit à la petite
cour de Bareith, où la margrave, sœur de
Frédéric, avait des palais, des jardins, des
kiosques et des cascades, dans le goût de
ceux du comte Hoditz à Roswald, quoique
moins somptueux et moins dispendieux ; car
cette spirituelle princesse avait été mariée
sans dot à un très pauvre prince, et il n'y
avait pas longtemps qu'elle avait des robes
dont la queue fût raisonnable, et des pages

(1) A telles enseignes que l'histoire de Jean Kreyssler
nous paraît être le roman le plus merveilleux d'Hoffman.
La mort ayant surpris l'auteur avant la fin de son œuvre,
le pème se termine dans les imaginations sous mille formes différentes plus fantastiques les unes que les autres.
c'est ainsi qu'un beau fleuve se ramifie vers son embou-
chure et se perd en mille filets capricieux dans les sables
dorés de la grève.

dont le pourpoint ne montrât pas la corde.
Ses jardins, ou plutôt son jardin, pour parler
sans métaphore, était situé dans un paysage
admirable, et elle s'y donnait le plaisir d'un
opéra italien , dans un temple antique, d'un
goût un peu Pompadour. La margrave était
très philosophe , c'est-à-dire Voltairienne.
Le jeune margrave héréditaire, son époux,
était chef zélé d'une loge maçonnique. J'i-
gnore si Albert fut en relations avec lui et si
son incognito fut protégé par le secret des
frères, ou bien s'il se tint éloigné de cette
cour pour rejoindre sa femme un peu plus
tard. Sans doute Consuelo avait là quelque
mission secrète. Peut-être aussi, pour éviter
d'attirer sur son époux l'attention qui se
fixait en tous lieux sur elle , elle ne vécut
pas publiquement auprès de lui dans les premiers temps. Leurs amours eurent sans

doute alors tout l'attrait du mystère ; et
si la publicité de leur union, consacrée par
la sanction fraternelle des templistes, leur
avait paru douce et vivifiante, le secret dont
ils s'entourèrent dans un monde hypocrite et
licencieux fut pour eux, dans les commencements, une égide nécessaire, et une sorte
de muette protestation, où ils puisèrent leur
enthousiasme et leur force.

Plusieurs chanteuses et chanteurs italiens
firent à cette époque les délices de la petite
cour de Bareith. La Corilla et Anzoleto y pa-
rurent, et l'inconséquente prima donna s'en-
flamma de nouveaux feux pour le traître
qu'elle avait voué naguère à toutes les fu-
ries de l'enfer. Mais Anzoleto, en cajolant la
tigresse, s'efforça prudemment, et avec une
mystérieuse réserve, de trouver grâce auprès de Consuelo, dont le talent grandi par
tant de secrètes et profondes révélations,

éclipsait toutes les rivalités. L'ambition était
devenue la passion dominante du jeune ténor; l'amour avait été étouffé sous le dépit,
la volupté même sous la satiété. Il n'aimait
donc ni la chaste Consuelo, ni la fougueuse
Corilla; mais il ménageait l'une et l'autre,
tout prêt à se rattacher en apparence à celle
des deux qui le prendrait à sa suite et l'aide-
rait à se faire avantageusement connaître.
Consuelo lui témoigna une paisible amitié,
et ne lui épargna pas les bons conseils et les
consciencieuses leçons qui pouvaient donner
l'essor à son talent. Mais elle ne sentit plus
auprès de lui aucun trouble, et la mansuétude de son pardon lui révéla à elle-même
l'absolue consommation de son détachement.
Anzoleto ne s'y méprit pas. Après avoir écouté avec fruit les enseignements de l'artiste, et
feint d'entendre avec émotion les conseils de
l'amie, il perdit la patience en perdant l'es-

poir, et sa profonde rancune, son amèr dépit percèrent malgré lui dans son maintien
et dans ses paroles.

Sur ces entrefaites, il paraît que la jeune
baronne Amélie de Rudolstadt arriva à la
cour de Bareith avec la princesse de Culmbach, fille de la comtesse Hoditz. S'il faut en
croire quelques témoins indiscrets ou exagé-
rateurs, de petits drames assez bizarres se passèrent alors entre ces quatre personnes, Consuelo, Amélie, Corilla et Anzoleto. En voyant
paraître à l'improviste le beau ténor sur les
planches de l'opéra de Bareith, la jeune baronne s'évanouit. Personne ne s'avisa de remarquer la coïncidence; mais le regard de
lynx de la Corilla avait saisi sur le front du
ténor un rayonnement particulier de vanité
satisfaite. Il avait manqué son passage d'*effet*;
la cour, distraite par la pamoison de la jeune
baronne, n'avait pas encouragé le chanteur;

et, au lieu de maugréer entre ses dents, comme il faisait toujours en pareil cas, il avait sur les lèvres un sourire de triomphe non équivoque. « Tiens ! dit la Corilla d'une voix étouffée à Consuelo, en rentrant dans la coulisse, ce n'est ni toi ni moi qu'il aime, c'est cette petite sotte qui vient de faire une scène pour lui. La connais-tu ? qui est-elle ?

— Je ne sais, répondit Consuelo qui n'avait rien remarqué ; mais je puis t'assurer que ce n'est ni elle, ni toi, ni moi qui l'occupons.

— Qui donc, en ce cas ?

— Lui-même, *al solito !* reprit Consuelo en souriant.

La chronique ajoute que le lendemain matin Consuelo fut mandée dans un bosquet retiré de la résidence pour s'entretenir avec la baronne Amélie à peu près ainsi qu'il suit :

« Je sais tout ! aurait dit cette dernière d'un air irrité, avant de permettre à Consuelo d'ouvrir la bouche ; c'est vous qu'il aime ! c'est vous, malheureuse, fléau de ma vie, qui m'avez enlevé le cœur d'Albert et le *sien.*

— Le sien, madame ? J'ignore...

— Ne feignez pas, Anzoleto vous aime, vous êtes sa maîtresse, vous l'avez été à Venise, vous l'êtes encore...

— C'est une infâme calomnie, ou une supposition indigne de vous, madame.

— C'est la vérité, vous dis-je. Il me l'a avoué cette nuit.

— Cette nuit ! oh ! madame, que m'apprenez-vous ? » s'écria Consuelo en rougissant de honte et de chagrin... Amélie fondit en larmes, et quand la bonne Consuelo eut réussi à calmer sa jalousie, elle obtint malgré elle la confidence de cette malheureuse passion.

Amélie avait vu Anzoleto chanter sur le théâtre de Prague ; elle avait été enivrée de sa
beauté et de ses succès. Ne comprenant rien
à la musique, elle l'avait pris sans hésitation
pour le premier chanteur du monde, d'autant plus qu'à Prague il avait eu un succès de
vogue. Elle l'avait mandé auprès d'elle comme
maître de chant, et pendant que son pauvre
père, le vieux baron Frédéric, paralysé par
l'inaction, dormait dans son fauteuil tout en
rêvant de meutes en fureur et de sangliers
aux abois, elle avait succombé à la séduc-
tion. L'ennui et la vanité l'avaient poussée à
sa perte. Anzoleto, flatté de cette illustre
conquête, et voulant se mettre à la mode par
un scandale, lui avait persuadé qu'elle avait
de l'étoffe pour devenir la plus grande cantatrice de son siècle, que la vie d'artiste était
un paradis sur la terre, et qu'elle n'avait
rien de mieux à faire que de s'enfuir avec lui

pour aller débuter au théâtre de Hay-Market
dans les opéras de Hændel. Amélie avait
d'abord rejeté avec horreur l'idée d'abandonner son vieux père ; mais au moment où
Anzoleto quittait Prague, feignant un désespoir qu'il n'éprouvait pas , elle avait cédé à
une sorte de vertige, elle avait fui avec lui.

Son enivrement n'avait pas été de longue
durée; l'insolence d'Anzoleto et la grossièreté de ses mœurs , quand il ne jouait plus le
personnage de séducteur, l'avaient fait rentrer en elle-même. C'était donc avec une sorte
de joie que, trois mois après son évasion, elle
avait été arrêtée à Hambourg et ramenée
en Prusse, où, sur la demande des Rudolstadt de Saxe , elle avait été incarcérée mys-
térieusement à Spandau ; mais la pénitence
avait été trop longue et trop sévère. Amélie
s'était dégoûtée du repentir aussi vite que de
la passion; elle avait soupiré après la liberté,

les aises de la vie, et la considération de son rang, dont elle avait été si brusquement et si cruellement privée. Au milieu de ses souffrances personnelles, elle avait à peine senti la douleur de perdre son père. En apprenant qu'elle était libre, elle avait enfin compris tous les malheurs qui avaient frappé sa famille ; mais n'osant retourner auprès de la chanoinesse, et craignant l'ennui amer d'une vie de réprimandes et de sermons, elle avait imploré la protection de la margrave de Bareith; et la princesse de Culmbach, alors à Dresde, s'était chargée de la conduire auprès de sa parente. Dans cette cour philosophique et frivole, elle trouvait l'aimable *tolérance* dont les vices à la mode faisaient alors l'unique vertu de l'avenir. Mais en revoyant Anzoleto, elle subissait déjà le diabolique ascendant qu'il savait exercer sur les femmes, et contre lequel la chaste Consuelo

elle-même avait eu tant de luttes à soutenir.
L'effroi et le chagrin l'avaient d'abord frappée au cœur ; mais après son évanouisse-
ment, étant sortie seule la nuit dans les jardins pour prendre l'air, elle l'avait rencontré,
enhardi par son émotion, et l'imagination
irritée par les obstacles survenus entre eux.
Maintenant elle l'aimait encore, elle en rou-
gissait, elle en était effrayée, et elle confes-
sait ses fautes à son ancienne maîtresse de
chant avec un mélange de pudeur féminine
et de cynisme philosophique.

Il paraît certain que Consuelo sut trouver
le chemin de son cœur par de chaleureuses
exhortations, et qu'elle la décida à retourner
au château des Géants, pour y éteindre dans
la retraite sa dangereuse passion, et soigner
les vieux jours de sa tante.

Après cette aventure, le séjour de Bareith
ne fut plus supportable pour Consuelo. L'o-

rageuse jalousie de la Corilla, qui, toujours
folle et toujours bonne au fond, l'accusait
avec grossièreté et se jetait à ses pieds l'instant d'après, la fatigua singulièrement. De
son côté Anzoleto, qui s'était imaginé pouvoir se venger de ses dédains, en jouant à la
passion avec Amélie, ne lui pardonna pas
d'avoir soustrait la jeune baronne au danger.
Il lui fit mille mauvais tours, comme de lui
faire manquer toutes ses entrées sur la scène,
de prendre sa partie au milieu d'un duo, pour
la dérouter, et, par son propre aplomb, donner à croire au public ignorant que c'était
elle qui se trompait. Si elle avait un jeu de
scène avec lui, il allait à droite au lieu d'aller
à gauche, essayait de la faire tomber, ou la
forçait de s'embrouiller parmi les comparses.
Ces méchantes espiègleries échouèrent devant le calme et la présence d'esprit de Consuelo ; mais elle fut moins stoïque lorsqu'elle

s'aperçut qu'il répandait les plus indignes ca-
lomnies contre elle, et qu'il était écouté par
ces grands seigneurs désœuvrés aux yeux
desquels une actrice vertueuse était un phénomène impossible à admettre, ou tout au
moins fatigant à respecter. Elle vit des liber-
tins de tout âge et de tout rang s'enhardir
auprès d'elle, et, refusant de croire à la sincérité de sa résistance, se joindre à Anzoleto
pour la diffamer et la déshonorer, dans un
sentiment de vengeance lâche et de dépit
féroce.

Ces cruelles et misérables persécutions furent le commencement d'un long martyre
que subit héroïquement l'infortunée prima
donna durant toute sa carrière théâtrale.
Toutes les fois qu'elle rencontra Anzoleto, il
lui suscita mille chagrins, et il est triste de
dire qu'elle rencontra plus d'un Anzoleto dans
sa vie. D'autres Corilla la tourmentèrent de

leur envie et de leur malveillance, plus ou
moins perfide ou brutale; et de toutes ces ri-
vales, la première fut encore la moins méchante et la plus capable d'un bon mouve-
ment de cœur. Mais quoi qu'on puisse dire de
la méchanceté et de la jalouse vanité des
femmes de théâtre, Consuelo éprouva que
quand leurs vices entraient dans le cœur d'un
homme, ils le dégradaient encore davantage
et le rendaient plus indigne de son rôle dans
l'humanité. Les seigneurs arrogants et dé-
bauchés, les directeurs de théâtres et les ga-
zetiers, dépravés aussi par le contact de tant
de souillures; les belles dames, protectrices
curieuses et fantasques, promptes à s'impo-
ser, mais irritées bientôt de rencontrer chez
une fille *de cette espèce* plus de vertu qu'elles
n'en avaient et n'en voulaient avoir; enfin le
public souvent ignare, presque toujours in-
grat ou partial, ce furent là autant d'ennemis

contre lesquels l'épouse austère de Liverani
eut à se débattre dans d'incessantes amer-
tumes. Persévérante et fidèle, dans l'art
comme dans l'amour, elle ne se rebuta jamais
et poursuivit sa carrière, grandissant toujours dans la science de la musique, comme
dans la pratique de la vertu; échouant souvent dans l'épineuse poursuite du succès, se
relevant souvent aussi par de justes triomphes, restant malgré tout la prêtresse de l'art,
mieux que ne l'entendait le Porpora lui-
même, et puisant toujours de nouvelles forces dans sa foi religieuse, d'immenses conso-
lations dans l'amour ardent et dévoué de son
époux.

La vie de cet époux, quoique marchant pa-
rallèlement à la sienne, car il l'accompagna
dans tous ses voyages, est enveloppée de
nuages plus épais. Il est à présumer qu'il ne
se fit pas l'esclave de la fortune de sa femme,

et qu'il ne s'adonna point au rôle de teneur de livres pour les recettes et les dépenses de sa profession. La profession de Consuelo lui fut d'ailleurs assez peu lucrative. Le public ne rétribuait pas alors les artistes avec la prodigieuse munificence qui distingue celui de notre temps. Les artistes s'enrichissaient principalement des dons des princes et des grands, et les femmes qui savaient *tirer parti de leur position* acquéraient déjà des trésors; mais la chasteté et le désintéressement sont les plus grands ennemis de la fortune d'une femme de théâtre. Consuelo eut beaucoup de succès d'estime, quelques-uns d'enthousiasme, quand par hasard la perversité de son entourage ne s'interposa pas trop entre elle et le vrai public; mais elle n'eut aucun succès de galanterie, et l'infamie ne la couronna point de diamants et de millions. Ses lauriers demeurèrent sans tache, et ne lui furent pas

jetés sur la scène par des mains intéressées.
Après dix ans de travail et de courses, elle
n'était pas plus riche qu'à son point de départ ; elle n'avait pas su spéculer, et, de plus,
elle ne l'avait pas voulu : deux conditions
moyennant lesquelles la richesse ne vient
chercher malgré eux les travailleurs d'aucune classe. En outre, elle n'avait point mis
en réserve le fruit souvent contesté de ses
peines ; elle l'avait constamment employé en
bonnes œuvres, et, dans une vie consacrée
secrètement à une active propagande, ses
ressources mêmes n'avaient pas toujours suffi ;
le gouvernement central des Invisibles y avait
quelquefois pourvu.

Quel fut le succès réel de l'ardent et infa-
tible pélerinage qu'Albert et Consuelo pour-
suivirent à travers la France, l'Espagne,
l'Angleterre et l'Italie? Il n'y en eut point de
manifeste pour le monde, et je crois qu'il

faut se reporter à vingt ans plus tard pour retrouver, par induction, l'action des sociétés secrètes dans l'histoire du dix-huitième siècle. Ces sociétés eurent-elles plus d'effet en France que dans le sein de l'Allemagne qui les avait enfantées? La Révolution française répond avec énergie pour l'affirmative. Cependant la conspiration européenne de l'Illuminisme et les gigantesques conceptions de Weishaupt montrent aussi que le divin rêve du saint Graal n'avait pas cessé d'agiter les imaginations allemandes, depuis trente années, malgré la dispersion ou la défection des premiers adeptes.

D'anciennes gazettes nous apprennent que la Porporina chanta avec un grand éclat à Paris dans les opéras de Pergolèse, à Londres dans les oratorios et les opéras de Hændel, à Madrid avec Farinelli, à Dresde avec la Faustina et la Mingotti, à Venise, à Rome et à Naples dans les opéras et la musique d'église du Porpora et des autres grands maîtres.

Toutes les démarches d'Albert nous sont inconnues. Quelques billets de Consuelo à Trenck ou à Wanda nous montrent ce mystérieux personnage plein de foi, de confiance, d'activité, et jouissant, plus qu'aucun autre homme, de la lucidité de ses pensées jusqu'à une époque où les documents certains nous manquent absolument. Voici ce qui a été raconté, dans un certain groupe de personnes à peu près toutes mortes aujourd'hui, sur la dernière apparition de Consuelo à la scène.

Ce fut à Vienne vers 1760. La cantatrice pouvait avoir environ trente ans ; elle était, dit-on, plus belle que dans sa première jeunesse. Une vie pure, des habitudes de calme moral et de sobriété physique, l'avaient con-

servée dans toute la puissance de s a grâce et
de son talent. De beaux enfants l'accompa-
gnaient ; mais on ne connaissait pas son mari,
bien que la renommée publiât qu'elle en avait
un, et qu'elle lui avait été irrévocablement
fidèle. Le Porpora, après avoir fait plusieurs
voyages en Italie, était revenu à Vienne, et
faisait représenter un nouvel opéra au théâtre impérial. Les vingt dernières années de
ce maître sont tellement ignorées, que nous
n'avons pu trouver dans aucune de ses bio-
graphies le nom de ce dernier œuvre. Nous
savons seulement que la Porporina y remplit
le principal rôle avec un succès incontestable,
et qu'elle arracha des larmes à toute la cour.
L'impératrice daigna être satisfaite. Mais
dans la nuit qui suivit ce triomphe, la Porporina reçut, de quelque messager invisible,
une nouvelle qui lui apporta l'épouvante et la
consternation. Dès sept heures du matin,

c'est-à-dire au moment où l'impératrice était
avertie par le fidèle valet qu'on appelait le
frotteur de Sa Majesté (vu que ses fonctions
consistaient effectivement à ouvrir les per-
siennes, à faire le feu et à frotter la chambre,
tandis que Sa Majesté s'éveillait peu à peu),
la Porporina, ayant gagné à prix d'or et à
force d'éloquence tous les gardiens des avenues sacrées, se présenta derrière la porte
même de l'auguste chambre à coucher.

« Mon ami, dit-elle au frotteur, il faut que
je me jette aux pieds de l'impératrice. La vie
d'un honnête homme est en danger, l'honneur d'une famille est compromis. Un grand
crime sera peut être consommé dans quelques jours, si je ne vois Sa Majesté à l'instant
même. Je sais que vous êtes incorruptible,
mais je sais aussi que vous êtes un homme
généreux et magnanime. Tout le monde le
dit; vous avez obtenu bien des grâces que

les courtisans les plus fiers n'eussent pas osé solliciter.

— Bonté du ciel! est-ce vous que je revois enfin, ô ma chère maîtresse! s'écria le frotteur, en joignant les mains et en laissant tomber son plumeau.

— Karl! s'écria à son tour Consuelo, oh! merci, mon Dieu, je suis sauvée. Albert a un bon ange jusque dans ce palais.

— Albert? Albert! reprit Karl, est-ce lui qui est en danger, mon Dieu? En ce cas, entrez vite, signora, dussé-je être chassé... Et Dieu sait que je regretterais ma place, car j'y fais quelque bien, et j'y sers notre sainte cause mieux que je n'ai encore pu le faire ailleurs... Mais Albert! Tenez, l'impératrice est une bonne femme quand elle ne gouverne pas, ajouta-t-il à voix basse. Entrez, vous serez censée m'avoir précédé. Que la faute retombe sur ces coquins de valets qui ne mé-

ritent pas de servir une reine, car ils ne lui
disent que des mensonges ! »

Consuelo entra, et l'impératrice, en ou-
vrant ses yeux appesantis, la vit à genoux et
comme prosternée au pied de son lit.

« Qu'est cela ? s'écria Marie-Thérèse, en
drapant son couvre-pied sur ses épaules avec
une majesté d'habitude qui n'avait plus rien
de joué, et en se soulevant, aussi superbe,
aussi redoutable en cornettes de nuit et sur
son chevet, que si elle eût été assise sur
son trône, le diadème en tête et l'épée au
flanc.

— Madame, répondit Consuelo, c'est une
humble sujette, une mère infortunée, une
épouse au désespoir qui, à genoux, vous demande la vie et la liberté de son mari. »

En ce moment, Karl entra, feignant une
grande surprise.

« Malheureuse ! s'écria-t-il en jouant l'é-

pouvante et la fureur, qui vous a permis
d'entrer ici ?

— Je te fais mon compliment, Karl! dit
l'impératrice, de ta vigilance et de ta fidélité.
Jamais pareille chose ne m'est arrivée de ma
vie, d'être ainsi réveillée en sursaut, avec
cette insolence !

— Que Votre Majesté dise un mot, reprit
Karl avec audace, et je tue cette femme sous
ses yeux. »

Karl connaissait fort bien l'impératrice ; il
savait qu'elle aimait à faire des actes de miséricorde devant témoins , et qu'elle savait
être grande reine et grande femme, même
devant ses valets de chambre.

« C'est trop de zèle! répondit-elle avec un
sourire majestueux et maternel en même
temps. Va-t'en, et laisse parler cette pauvre
femme qui pleure. Je ne suis en danger avec
aucun de mes sujets. Que voulez-vous, ma

dame? Eh mais, c'est toi, ma belle Porporina !
tu vas te gâter la voix à sanglotter de la
sorte.

— Madame, répondit Consuelo, je suis mariée devant l'Église catholique depuis dix ans.
Je n'ai pas une seule faute contre l'honneur
à me reprocher. J'ai des enfants légitimes, et
je les élève dans la vertu. J'ose donc...

— Dans la vertu, je le sais, dit l'impératrice, mais non dans la religion. Vous êtes
sage, on me l'a dit, mais vous n'allez jamais
à l'église. Cependant, parlez. Quel malheur
vous a frappée ?

— Mon époux, dont je ne m'étais jamais
séparée, reprit la suppliante, est actuellement
à Prague, et j'ignore par quelle infâme ma-
chination il vient d'être arrêté, jeté dans un
cachot, accusé de vouloir prendre un nom et
un titre qui ne lui appartiennent pas, de vouloir spolier un héritage, d'être enfin un in-

trigant, un imposteur et un espion, accusé pour ce fait de haute trahison, et condamné à la détention perpétuelle, à la mort peut-être dans ce moment-ci.

— A Prague? un imposteur? dit l'impératrice avec calme; j'ai une histoire comme cela dans les rapports de ma police secrète. Comment appelez-vous votre mari? car vous autres vous ne portez pas le nom de vos maris?

— Il s'appelle Liverani.

— C'est cela. Eh bien, mon enfant, je suis désolée de vous savoir mariée à un pareil misérable. Ce Liverani est en effet un chevalier d'industrie ou un fou qui, grâce à une ressemblance parfaite, veut se faire passer pour un comte de Rudolstadt, mort il y a plus de dix ans, le fait est avéré. Il s'est introduit auprès d'une vieille chanoinesse de Rudolstadt, dont il ose se dire le neveu; et dont, à

coup sûr, il eût capté l'héritage, si, au moment de faire son testament en sa faveur, la
pauvre dame, tombée en enfance, n'eût été
délivrée de son obsession par des gens de bien
dévoués à sa famille. On l'a arrêté, et on a
fort bien fait. Je conçois votre chagrin, mais
je n'y puis porter remède. On instruit le procès. S'il est reconnu que cet homme, comme
je voudrais le croire, est aliéné, on le place-
ra dans un hôpital, où vous pourrez le voir et
le soigner. Mais s'il n'est qu'un escamoteur,
comme je le crains, il faudra bien le détenir
un peu plus sévèrement, pour l'empêcher de
troubler la possession de la véritable héri-
tière des Rudolstadt, une baronne Amélie, je
crois, qui, après quelques travers de jeunesse,
est sur le point de se marier avec un de mes
officiers. J'aime à me persuader, *mademoiselle*, que vous ignorez la conduite de votre
mari, et que vous vous faites illusion sur son

caractère : autrement je trouverais vos instances très déplacées. Mais je vous plains trop
pour vouloir vous humilier..... Vous pouvez
vous retirer. »

Consuelo vit qu'elle n'avait rien à espérer,
et qu'en essayant de faire constater l'identité
de Liverani et d'Albert de Rudolstadt, elle
rendrait sa cause de plus en plus mauvaise.
Elle se releva et marcha vers la porte, pâle
et prête à s'évanouir. Marie-Thérèse, qui la
suivait d'un œil scrutateur, eut pitié d'elle,
et la rappelant : « Vous êtes fort à plaindre,
lui dit-elle d'une voix moins sèche. Tout cela
n'est pas votre faute, j'en suis certaine. Re-
mettez-vous, soignez-vous. L'affaire sera
examinée consciencieusement; et si votre
mari ne veut pas se perdre lui-même, je ferai en sorte qu'il soit considéré comme atteint
de démence. Si vous pouvez communiquer

avec lui, faites-lui entendre cela. Voilà le con-
seil que j'ai à vous donner.

— Je le suivrai, et je bénis Votre Majesté.
Mais sans sa protection, je ne pourrai rien.
Mon mari est enfermé à Prague, et je suis en-
gagée au théâtre impérial de Vienne. Si Votre Majesté ne daigne m'accorder un congé
et me délivrer un ordre pour communiquer
avec mon mari qui est au secret...

— Vous demandez beaucoup! J'ignore si
M. de Kaunitz voudra vous accorder ce congé, et s'il sera possible de vous remplacer au
théâtre. Nous verrons cela dans quelques
jours.

—Dans quelques jours ?... s'écria Consuelo
en retrouvant son courage. Mais dans quelques jours il ne sera plus temps! il faut que
je parte à l'instant même !

—C'est assez, dit l'impératrice. Votre in-
sistance vous sera fâcheuse, si vous la portez

devant des juges moins calmes et moins indulgents que moi. Allez, mademoiselle. »

Consuelo courut chez le chanoine *** et lui confia ses enfants, en lui annonçant qu'elle partait, et qu'elle ignorait la durée de son absence. « Si vous nous quittez pour longtemps, tant pis! répondit le bon vieillard. Quant aux enfants, je ne m'en plains pas. Ils sont parfaitement élevés, et ils feront société à Angèle, qui s'ennuie bien un peu avec moi. — Ecoutez! reprit Consuelo qui ne put retenir ses larmes après avoir été serrer ses enfants une dernière fois sur son cœur, ne leur dites pas que mon absence sera longue, mais sachez qu'elle peut être éternelle. Je vais subir peut-être des douleurs dont je ne me releverais pas à moins que Dieu ne fît un miracle en ma faveur; priez-le pour moi, et faites prier mes enfants. »

Le bon chanoine n'essaya pas de lui arra-

cher son secret; mais comme son âme paisible et nonchalante n'admettait pas facilement
l'idée d'un malheur sans ressources, il s'efforça de la consoler. Voyant qu'il ne réussis-
sait pas à lui rendre l'espérance, il voulut au
moins lui mettre l'esprit en repos sur le sort
de ses enfants. « *Mon cher Bertoni*, lui dit-il
avec l'accent du cœur, et en s'efforçant de
prendre un air enjoué à travers ses larmes,
si tu ne reviens pas, tes enfants m'appartiennent, songes-y! Je me charge de leur éducation. Je marierai ta fille, ce qui diminuera
un peu la dot d'Angèle, et la rendra plus laborieuse. Quant aux garçons, je te préviens
que j'en ferai des musiciens !

— Joseph Haydn partagera ce fardeau,
reprit Consuelo en baisant les mains du chanoine, et le vieux Porpora leur donnera
bien encore quelques leçons. Mes pauvres enfants sont dociles, et annoncent de l'intelli-

gence; leur existence matérielle ne m'inquiète pas. Ils pourront un jour gagner honnêtement leur vie. Mais mon amour et mes conseils... vous seul pouvez me remplacer auprès d'eux.—Et je te le promets, s'écria le chanoine; j'espère bien vivre assez longtemps pour les voir tous établis. Je ne suis pas encore trop gros, j'ai toujours la jambe ferme. Je n'ai pas plus de soixante ans, quoique autrefois cette scélérate de Brigitte voulût me vieillir pour m'engager à faire mon testament. Allons, ma fille! courage et santé. Pars et reviens! Le bon Dieu est avec les honnêtes gens. »

Consuelo, sans s'embarrasser de son congé, fit atteler des chevaux de poste à sa voiture. Mais, au moment d'y monter, elle fut retardée par le Porpora, qu'elle n'avait pas voulu voir, prévoyant bien l'orage, et qui s'effrayait de la voir partir. Il craignait, malgré les pro-

messes qu'elle lui faisait d'un air contraint et
préoccupé, qu'elle ne fût pas de retour pour
l'opéra du lendemain. « Qui diable songe à
aller à la campagne au cœur de l'hiver? disait-il avec un tremblement nerveux, moitié
de vieillesse, moitié de colère et de crainte.
Si tu t'enrhumes, voilà mon succès compromis, et cela allait si bien! je ne te conçois pas.
Nous triomphons hier, et tu voyages aujour-
d'hui! »

Cette discussion fit perdre un quart d'heure
à Consuelo, et donna le temps à la direction
du théâtre, qui avait déjà l'éveil, de faire
avertir l'autorité. Un piquet de houlans vint
faire dételer. On pria Consuelo de rentrer, et
on monta la garde autour de sa maison pour
l'empêcher de fuir. La fièvre la prit. Elle ne
s'en aperçut pas, et continua d'aller et de venir dans son appartement, en proie à une
sorte d'égarement, et ne répondant que par

des regards sombres et fixes aux irritantes interpellations du Porpora et du directeur. Elle ne se coucha point, et passa la nuit en prières. Le matin, elle parut calme, et alla à la répétition *par ordre*. Sa voix n'avait jamais été plus belle, mais elle avait des distractions qui terrifiaient le Porpora. O maudit mariage! ô infernale folie d'amour! murmurait-il dans l'orchestre en frappant sur son clavecin de façon à le briser. Le vieux Porpora était toujours le même; il eût dit volontiers : Périssent tous les amants et tous les maris de la terre plutôt que mon opéra.

Le soir, Consuelo fit sa toilette comme à l'ordinaire, et se présenta sur la scène. Elle se posa, et ses lèvres articulèrent un mot... mais pas un son ne sortit de sa poitrine, elle avait perdu la voix.

Le public stupéfait se leva en masse. Les courtisans, qui commençaient à savoir va-

guement sa tentative de fuite, déclarèrent
que c'était un caprice intolérable. Il y eut
des cris, des huées, des applaudissements à
chaque nouvel effort de la cantatrice. Elle
essaya de parler, et ne put faire entendre
une seule parole. Cependant, elle resta debout et morne, ne songeant pas à la perte de
sa voix, ne se sentant pas humiliée par l'indignation de ses tyrans, mais résignée et
fière comme l'innocent condamné à subir un
supplice inique, et remerciant Dieu de lui
envoyer cette infirmité subite qui allait lui
permettre de quitter le théâtre et de rejoindre Albert.

Il fut proposé à l'impératrice de mettre
l'artiste récalcitrante en prison pour lui faire
retrouver la voix et la bonne volonté. Sa
Majesté avait eu un instant de colère, et on
croyait lui faire la cour en accablant l'accu-
sée. Mais Marie-Thérèse, qui permettait quel-

quefois les crimes dont elle profitait, n'aimait point à faire souffrir sans nécessité. « Kaunitz, dit-elle à son premier ministre, faites délivrer à cette pauvre créature un permis de départ, et qu'il n'en soit plus question. Si son extinction de voix est une ruse de guerre, c'est du moins un acte de vertu. Peu d'actrices sacrifieraient une heure de succès à une vie d'amour conjugal. »

Consuelo, munie de tous les pouvoirs nécessaires, partit enfin, toujours malade, mais ne le sentant pas. Ici nous perdons encore le fil des évènements. Le procès d'Albert eût pu être une cause célèbre, on en fit une cause secrète. Il est probable que ce fut un procès analogue, quant au fond, à celui que, vers la même époque, Frédéric de Trenck entama, soutint et perdit après bien des années de lutte. Qui connaîtrait aujourd'hui en France es dé tails de cette inique affaire, si Trenck

lui-même n'eût pris soin de les publier et de
répéter ses plaintes chaleureuses durant
trente ans de sa vie? Mais Albert ne laissa
point d'écrits. Nous allons donc être forcé de
nous reporter à l'histoire du baron de Trenck,
puisque aussi bien il est un de nos héros, et
peut-être ses embarras jeteront-ils quelque
lumière sur les malheurs d'Albert et de Consuelo.

Un mois à peine après la réunion du saint
Graal, circonstance sur laquelle Trenck a
gardé le plus profond secret dans ses Mémoires, il avait été repris et enfermé à Magdebourg, où il consuma les dix plus belles années de sa jeunesse, dans un cachot affreux,
assis sur une pierre qui portait son épitaphe
anticipée : *Ci-gît Trenck*, et chargé de quatre-
vingts livres de fers. Tout le monde connaît
cette célèbre infortune, les circonstances
odieuses qui l'accompagnèrent, telles que les

angoisses de la faim qu'on lui fit subir pendant dix-huit mois, et le soin de faire bâtir une prison pour lui aux frais de sa sœur, pour punir celle-ci, en la ruinant, de lui avoir donné asile ; ses miraculeuses tentatives d'évasion, l'incroyable énergie qui ne l'abandonna jamais et que déjouèrent ses imprudences chevaleresques; ses travaux d'art dans la prison, les merveilleuses ciselures qu'il vint à bout de faire avec une pointe de clou sur des gobelets d'étain, et dont les sujets allégoriques et les devises en vers sont si profondes et si touchantes (1) ; enfin, ses relations secrètes, en dépit de tout, avec la princesse Amélie de Prusse ; le désespoir où celle-ci se consuma, le soin qu'elle prit de s'enlaidir avec une liqueur corrosive qui lui fit presque perdre la vue, l'état déplorable où elle réduisit volon-

(1) On en a encore dans quelques musées particuliers de l'Allemagne.

tairement sa propre santé afin d'échapper
à la nécessité du mariage, la révolution
affreuse qui s'opéra dans son caractère ;
enfin, ces dix années de désolation qui firent
de Trenck un martyr, et de son illustre
amante une femme vieille, laide et méchante,
au lieu d'un ange de douceur et de beauté
qu'elle avait été naguère et qu'elle eût pu
continuer d'être dans le bonheur (1). Tout
cela est historique, mais on ne s'en est pas
assez souvenu quand on a tracé le portrait
de Frédéric le Grand. Ce crime, accompagné
de cruautés gratuites et raffinées, est une
tache ineffaçable à la mémoire du despote
philosophe.

Enfin, Trenck fut mis en liberté, comme
l'on sait, grâce à l'intervention de Marie—

(1) Voir dans Thiébault le portrait de l'abbesse de
Quedlimbourg, et les curieuses révélations qui s'y rattachent.

Thérèse, qui le réclama comme son sujet ;
et cette protection tardive lui fut acquise enfin par les soins du *frotteur de la chambre de
Sa Majesté*, le même que notre Karl. Il y a,
sur les ingénieuses intrigues de ce magnanime plébéien auprès de sa souveraine, des
pages bien curieuses et bien attendrissantes
dans les mémoires du temps.

Pendant les premières années de la captivité de Trenck, son cousin, le fameux Pandoure, victime d'accusations plus méritées,
mais non moins haineuses et cruelles, était
mort empoisonné, au Spielberg. A peine
libre, Trenck le Prussien vint à Vienne réclamer l'immense succession de Trenck l'autri-
chien. Mais Marie-Thérèse n'était point du
tout d'avis de la lui rendre. Elle avait profité
des exploits du pandoure, elle l'avait puni
de ses violences, elle voulait profiter de ses
rapines, et elle en profita en effet. Comme

Frédéric II, comme toutes les grandes intel-
ligences couronnées, tandis que la puissance
de son rôle éblouissait les masses, elle ne se
faisait pas faute de ces secrètes iniquités dont
Dieu et les hommes demanderont compte au
jour du jugement, et qui péseront autant
dans un plateau de la balance que les vertus
officielles dans l'autre. Conquérants et souverains, c'est en vain que vous employez vos
trésors à bâtir des temples : vous n'en êtes
pas moins des impies, quand une seule pièce
de cet or est le prix du sang et de la souffrance. C'est en vain que vous soumettez des
races entières par l'éclat de vos armes : les
hommes les plus aveuglés par le prestige de
la gloire vous reprocheront un seul homme,
un seul brin d'herbe froidement brisé. La
muse de l'histoire, encore aveugle et incer-
taine, accorde presque qu'il est dans le passé
de grands crimes nécessaires et justiciables;

mais la conscience inviolable de l'humanité
proteste contre sa propre erreur, en réprou-
vant du moins les crimes inutiles au succès
des grandes causes.

Les desseins cupides de l'impératrice furent merveilleusement secondés par ses
mandataires, les agents ignobles qu'elle avait
nommés curateurs des biens du pandoure et
les magistrats prévaricateurs qui prononcè-
rent sur les droits de l'héritier. Chacun eut sa
part à la curée. Marie-Thérèse crut se faire
celle du lion ; mais ce fut en vain que, quelques années plus tard, elle envoya à la prison et aux galères les infidèles complices de
cette grande dilapidation : elle ne put rentrer
complètement dans les bénéfices de l'affaire.
Trenck fut ruiné, et n'obtint jamais justice.
Rien ne nous a mieux fait connaître le caractère de Marie-Thérèse que cette partie des
Mémoires de Trenck où il rend compte de ses

entretiens avec elle à se sujet. Sans s'écarter
du respect envers la royauté, qui était alors
une religion officielle pour les patriciens, il
nous fait pressentir la sécheresse, l'hypocri-
sie et la cupidité de cette grande femme,
réunion de contrastes, caractère sublime et
mesquin, naïf et fourbe, comme toutes les
belles âmes aux prises avec la corruption de la
puissance absolue, cette cause anti-humaine de
tout mal, cet écueil inévitable contre lequel
tous les nobles instincts sont fatalement en-
trainés à se briser. Résolue d'éconduire le
plaignant, la souveraine daigna souvent le
consoler, lui rendre l'espérance, lui promettre
sa protection contre les juges infâmes qui
le dépouillaient; et à la fin, feignant d'avoir
échoué dans la poursuite de la vérité et de
ne plus rien comprendre au dédale de cet
interminable procès, elle lui offrit, pour dé-

dommagement, un chétif grade de major et la main d'une vieille dame laide, dévote et galante. Sur le refus de Trenck, la *matrimo-niomane* impératrice lui déclara qu'il était un fou, un présomptueux, qu'elle ne savait aucun moyen de satisfaire son ambition, et lui tourna le dos pour ne plus s'occuper de lui. Les raisons qu'on avait fait valoir pour confisquer la succession du pandoure avaient varié selon les personnes et les circonstances. Tel tribunal avait décidé que le pandoure, mort sous le poids d'une condamnation infamante, n'avait pas été apte à tester; tel autre, que s'il y avait un testament valide, les droits de l'héritier, comme sujet prussien, ne l'étaient pas; tel autre, enfin, que les dettes du défunt absorbaient au delà de la succession, etc. On éleva incident sur incident; on vendit maintes fois la justice au réclamant, et on ne la lui fit jamais (1).

Pour dépouiller et proscrire Albert, on

(1) Nous rappellerons ici au lecteur, pour ne plus y revenir, le reste de l'histoire de Trenck. Il vieillit dans la pauvreté, occupa son énergie par la publication de journaux d'une opposition fort avancée pour son temps, et, marié à une femme de son choix, père de nombreux enfants, persécuté pour ses opinions, pour ses écrits, et sans doute aussi pour son affiliation aux sociétés secrètes, il se réfugia en France dans une vieillesse avancée. Il y fut accueilli avec l'enthousiasme et la confiance des premiers temps de la Révolution. Mais, destiné à être la victime des plus funestes méprises, il fut arrêté comme agent étranger à l'époque de la terreur et conduit à l'échafaud. Il y marcha avec une grande fermeté. Il s'était vu naguère préconisé et représenté sur la scène dans un mélodrame qui retraçait l'histoire de sa captivité et de sa délivrance. Il avait salué avec transport la liberté française. Sur la fatale charrette, il disait en souriant : « Ceci est encore une comédie. »

Il n'avait revu la princesse Amélie qu'une seule fois depuis plus de soixante ans. En apprenant la mort de Frédéric-le-Grand, il avait couru à Berlin. Les deux amants, effrayés d'abord à la vue l'un de l'autre, fondirent en larmes et se jurèrent une nouvelle affection. L'abn'eut pas besoin de tous ces artifices, et la spoliation s'opéra sans doute sans tant de façons. Il suffisait de le considérer comme mort, et de lui interdire le droit de ressusciter mal à propos. Albert n'avait bien certainement rien réclamé. Nous savons seulement qu'à l'époque de son arrestation, la chanoinesse Wenceslawa venait de mourir à Prague, où elle était venue pour se faire traiter d'une ophthalmie aiguë. Albert, apprenant qu'elle était à l'extrémité, ne put résister à la voix de son cœur, qui lui criait d'aller fermer les yeux à sa chère parente. Il quitta Consuelo à la frontière d'Autriche, et courut à Prague.

besse lui ordonna de faire venir sa femme, se chargea de leur fortune, et voulut prendre une de ses filles auprès d'elle pour lectrice ou gouvernante; mais elle ne put tenir ses promesses : au bout de huit jours elle était morte! — Les Mémoires de Trenck, écrits avec la passion d'un jeune homme et la prolixité d'un vieillard, sont pourtant un des monuments les plus nobles et les plus attachants de l'histoire du siècle dernier.

C'était la première fois qu'il remettait le pied
en Allemagne depuis l'année de son mariage.
Il se flattait qu'une absence de dix ans, et
certaines précautions d'ajustement l'empê-
cheraient d'être reconnu, et il approcha de
sa tante sans beaucoup de mystère. Il voulait
obtenir sa bénédiction, et réparer, dans une
dernière effusion d'amour et de douleur, l'a-
bandon où il avait été forcé de la laisser. La
chanoinesse, presque aveugle, fut seulement
frappée du son de sa voix. Elle ne se rendit
pas bien compte de ce qu'elle éprouvait, mais
elle s'abandonna aux instincts de tendresse
qui avaient survécu en elle à la mémoire et
à l'activité du raisonnement; elle le pressa
dans ses bras défaillants en l'appelant son
Albert bien-aimé, son fils à jamais béni. Le
vieux Hanz était mort; mais la baronne Amélie et une femme du Boehmerwald qui servait la chanoinesse, et qui avait été autrefois

garde-malade d'Albert lui-même, s'étonnèrent et s'effrayèrent de la ressemblance de ce prétendu médecin avec le jeune comte. Il ne paraît pourtant pas qu'Amélie l'eût positivement reconnu ; nous ne voulons pas la croire complice des persécutions qui s'acharnèrent après lui. Nous ne savons pas quelles circonstances donnèrent l'éveil à cette nuée d'agents semi-magistrats, semi-mouchards, à l'aide desquels la cour de Vienne gouvernait les nations assujetties. Ce qu'il y a de certain, c'est qu'à peine la chanoinesse eut-elle exhalé son dernier souffle dans les bras de son neveu, que celui-ci fut arrêté et interrogé sur sa condition et sur les intentions qui l'avaient amené au chévet de la moribonde. On voulut voir son diplôme de médecin ; il en avait un en règle ; mais on lui contesta son nom de Liverani, et certaines gens se rappelèrent l'avoir rencontré ailleurs sous celui de Trismégiste. On l'accusa d'avoir exercé la profession d'empirique et de magicien. Il fut impossible de prouver qu'il eût jamais reçu d'argent pour ses cures. On le confronta avec la baronne Amélie, et ce fut sa perte. Irrité et poussé à bout par les investigations auxquelles on le soumettait, las de se cacher et de se déguiser, il avoua brusquement à sa cousine, dans un tête-à-tête observé, qu'il était Albert de Rudolstadt. Amélie le reconnut sans doute en ce moment ; mais elle s'évanouit, terrifiée par un évènement si bizarre. Dès lors l'affaire prit une autre tournure.

On voulut considérer Albert comme un imposteur ; mais, afin d'élever une de ces interminables contestations qui ruinent les deux parties, des fonctionnaires, du genre de ceux qui avait dépouillé Trenck, s'acharnèrent à compromettre l'accusé, en lui faisant dire et soutenir qu'il était Albert de

Rudolstadt. Une longue enquête s'ensuivit.
On invoqua le témoignage de Supperville,
qui, de bonne foi sans doute, se refusa à dou-
ter qu'il l'eût vu mourir à Riesenburg. On
ordonna l'exhumation de son cadavre. On
trouva dans sa tombe un squelette qu'il n'a-
vait pas été difficile d'y placer la veille. On
persuada à sa cousine qu'elle devait lutter
contre un aventurier résolu à la dépouiller.
Sans doute on ne leur permit plus de se
voir. On étouffa les plaintes du captif et
les ardentes réclamations de sa femme
sous les verrous et les tortures de la prison.
Peut-être furent-ils malades et mourants
dans des cachots séparés. Une fois l'affaire
entamée, Albert ne pouvait plus réclamer
pour son honneur et sa liberté qu'en procla-
mant la vérité. Il avait beau protester de sa
renonciation à l'héritage, et vouloir tester à
l'heure même en faveur de sa cousine, on

voulait prolonger et embrouiller le procès, et on y réussit sans peine, soit que l'impératrice fût trompée, soit qu'on lui eût fait entendre que la confiscation de cette fortune n'était pas plus à dédaigner que celle du pandoure. Pour y parvenir, on chercha querelle à Amélie elle-même, on revint sous main sur le scandale de son ancienne escapade, on observa. son manque de dévotion, et on la menaça en secret de la faire enfermer dans un couvent, si elle n'abandonnait ses droits à une succession litigieuse. Elle dut le faire, et se contenter de la succession de son père, qui se trouva fort réduite par les frais énormes qu'elle eut à payer pour un procès auquel on l'avait contrainte. Enfin le château et les terres de Riesenburg furent confisqués au profit de l'État, quand les avocats, les gérants, les juges et les rapporteurs eurent prélevé sur cette

dépouille des hypothèques montant aux deux
tiers de sa valeur.

Tel est notre commentaire sur ce mystérieux procès qui dura cinq ou six ans, et à
la suite duquel Albert fut chassé des États
autrichiens comme un dangereux aliéné, par
grâce spéciale de l'impératrice. A partir de
cette époque, il est à peu près certain qu'une
vie obscure et de plus en plus pauvre fut le
partage des deux époux. Ils reprirent leurs
plus jeunes enfants avec eux. Haydn et le
chanoine refusèrent tendrement de leur rendre les aînés, qui faisaient leur éducation
sous les yeux et aux frais de ces fidèles amis.
Consuelo avait irrévocablement perdu la
voix. Il paraît trop certain que la captivité,
l'inaction et la douleur des maux qu'éprouvait sa compagne avaient de nouveau ébranlé
la raison d'Albert. Il ne paraît cependant
point que leur amour en fût devenu moins

tendre, leur âme moins fière et leur conduite
moins pure. Les Invisibles avaient disparu
sous la persécution. L'œuvre avait été ruinée,
surtout par les charlatans qui avaient spécu-
lé sur l'enthousiasme des idées nouvelles et
l'amour du merveilleux. Persécuté de nouveau comme franc-maçon dans les pays d'in-
tolérance et de despotisme, Albert dut se
réfugier en France ou en Angleterre. Peut-
être y continua-t-il sa propagande; mais
ce dut être parmi le peuple, et ses travaux,
s'ils portèrent leurs fruits, n'eurent aucun
éclat.

Ici il y a une grande lacune, à laquelle notre
imagination ne peut suppléer. Mais un dernier document authentique et très-détaillé
nous fait retrouver, vers l'année 1774, le
couple errant dans la forêt de Bohême. Nous
allons transcrire ce document tel qu'il nous

est parvenu. Ce sera pour nous le dernier mot
sur Albert et Consuelo ; car ensuite de leur
vie et de leur mort nous ne savons absolument rien.

LETTRE DE PHILON (1)

A

Ignace Joseph Martinowicz,

Professeur de physique à l'université de Lemberg.

Emportés dans son tourbillon comme les satellites d'un astre roi, nous avons suivi *Spartacus* (2) à travers les sentiers escarpés,

(1) Probablement le célèbre baron de Knigge, connu sous le nom de Philon dans l'ordre des illuminés.

(2) On sait que c'était le nom de guerre d'Adam Weishaupt. Est-ce réellement de lui qu'il est question ici ? Tout porte à le croire.

et sous les plus silencieux ombrages du Bœhmerwald. O ami! que n'étiez-vous là! Vous
eussiez oublié de ramasser des cailloux dans
le lit argenté des torrents, d'interroger tour
à tour les veines et les ossements de notre
mystérieuse aïeule, *terra parens*. La parole
ardente du maître nous donnait des ailes ;
nous franchissions les ravins et les cimes sans
compter nos pas, sans regarder à nos pieds
les abymes que nous dominions, sans chercher à l'horizon le gîte lointain où nous devions trouver le repos du soir. Jamais *Spartacus* ne nous avait paru plus grand et plus
pénétré de la toute-puissante vérité. Les
beautés de la nature agissent sur son imagination comme celles d'un grand poème ;
et à travers les éclairs de son enthousiasme,
jamais son esprit d'analyse savante et de com-
binaison ingénieuse ne l'abandonne entière-
ment. Il explique le ciel et les astres, et la

terre et les mers, avec la même clarté, le même ordre qui président à ses dissertations sur le droit et les choses arides de ce monde. Mais comme son âme s'agrandit, quand, seul et libre avec ses disciples élus, sous l'azur des cieux constellés, ou en face de l'aube rougie des feux précurseurs du soleil, il franchit le temps et l'espace pour embrasser d'un coup d'œil la race humaine dans son ensemble et dans ses détails, pour pénétrer le destin fragile des empires et l'avenir imposant des peuples! Vous l'avez entendu dans sa chaire, ce jeune homme à la parole lucide; que ne l'avez-vous vu et entendu sur la montagne, cet homme en qui la sagesse devance les années, et qui semble avoir vécu parmi les hommes depuis l'enfance du monde!

Arrivés à la frontière, nous saluâmes la terre qui vit les exploits du grand Ziska, et nous nous inclinâmes encore plus bas

devant les gouffres qui servirent de tombes
aux martyrs de l'antique liberté nationale.
Là nous résolûmes de nous séparer, afin
de diriger nos recherches et nos informations
sur tous les points à la fois. *Caton* (1) prit
vers le nord–est, *Celse* (2) vers le sud-est,
Ajax (3) suivit la direction transversale d'occident en orient, et le rendez–vous général
fut à Pilsen.

Spartacus me garda avec lui, et résolut
d'aller au hasard, comptant, disait-il, sur la
fortune, sur une certaine inspiration secrète
qui devait nous diriger. Je m'étonnai un peu
de cet abandon du calcul et du raisonnement ;

(1) Sans doute Xavier Zwack, qui fut conseiller auli-
que et subit l'exil pour avoir été un des principaux chefs
de l'Illuminisme.

(2) Bader, qui fut médecin de l'électrice douairière,
illuminé.

(3) Massenhausen, qui fut conseiller à Munich, illuminé,

cela me semblait contraire à ses habitudes de méthode. « Philon, me dit-il quand nous fûmes seuls, je crois bien que les hommes comme nous sont ici-bas les ministres de la Providence ; mais penses-tu que je la croie inerte et dédaigneuse, cette Providence maternelle par laquelle nous sentons, nous voulons et nous agissons ! J'ai remarqué que tu étais plus favorisé d'elle que moi ; tes desseins réussissent presque toujours. En avant donc ! je te suis, et j'ai foi en ta seconde vue, cette clarté mystérieuse qu'invoquaient naïvement nos ancêtres de l'illuminisme, les pieux fanatiques du passé ! »

Il semble vraiment que le maître ait prophétisé. Avant la fin du second jour, nous avions trouvé l'objet de nos recherches, et voici comment je fus l'instrument de la destinée.

Nous étions parvenus à la lisière du bois,

et le chemin se bifurquait devant nous. L'un
s'enfonçait en fuyant vers les basses terres,
l'autre côtoyait les flancs adoucis de la montagne.

« Par où prendrons-nous? me dit *Spartacus*
en s'asseyant sur un fragment de rocher. Je
vois par ici des champs cultivés, des prairies,
de chétives cabanes. On nous a dit *qu'il* était
pauvre ; *il* doit vivre avec les pauvres. Allons
nous informer de lui auprès des humbles pas-
teurs de la vallée.

— Non, maître, lui répondis-je en lui mon-
trant le chemin à mi côte : je vois sur ma
droite des mamelons escarpés, et les murailles croulantes d'un antique manoir. On nous
a dit qu'il était poëte, il doit aimer les ruines
et la solitude.

— Aussi bien, reprit *Spartacus* en souriant,
je vois Vesper qui monte, blanc comme une
perle, dans le ciel encore rose, au-dessus des

ruines du vieux domaine. Nous sommes les bergers qui cherchent un prophète, et l'étoile miraculeuse marche devent nous. »

Nous eûmes bientôt atteint les ruines. C'était une construction imposante, bâtie à diverses époques ; mais les vestiges du temps de l'empereur Charles gisaient à côté de ceux de la féodalité. Ce n'étaient pas les siècles, c'était la main des hommes qui avait présidé récemment à cette destruction. Il faisait encore grand jour quand nous gravîmes le revers d'un fossé desséché, et quand nous pénétrâmes sous la herse rouillée et immobile. Le premier objet que nous rencontrâmes, assis sur les décombres, à l'entrée du préau, fut un vieillard couvert de haillons bizarres, et plus semblable à un homme du temps passé qu'à un contemporain. Sa barbe, couleur d'ivoire jauni, tombait sur sa poitrine, et sa tête chauve brillait comme la

surface d'un lac aux derniers rayons du soleil. *Spartacus* tressaillit, et, s'approchant de
lui à la hâte, lui demanda le nom du château.
Le vieillard parut ne pas nous entendre ; il
fixa sur nous des yeux vitreux qui semblaient
ne pas voir. Nous lui demandâmes son nom ;
il ne nous répondit pas ; sa physionomie n'exprimait qu'une indifférence rêveuse. Cependant ses traits socratiques n'annonçaient pas
l'abrutissement de l'idiotisme ; il y avait dans
sa laideur cette certaine beauté qui vient
d'une âme pure et sereine. Spartacus lui mit
une pièce d'argent dans la main ; il la porta
très près de ses yeux, et la laissa tomber
sans paraître en comprendre l'usage.

« Est-il possible, dis-je au maître, qu'un
vieillard totalement privé de l'usage de ses
sens et de sa raison soit ainsi abandonné loin
de toute habitation, au milieu des montagnes,

sans un guide, sans un chien pour le conduire et mendier à sa place!

— Emmenons-le, et conduisons-le à un
gîte, » répondit *Spartacus*. Mais comme nous
nous mettions en devoir de le soulever, pour
voir s'il pouvait se tenir sur ses jambes, il
nous fit signe de ne pas le troubler, en posant
un doigt sur ses lèvres, et en nous désignant
de l'autre main le fond du préau. Nos regards
se portèrent de ce côté ; nous n'y vîmes personne, mais aussitôt nos oreilles furent frap-
pées des sons d'un violon d'une force et d'une
justesse extraordinaires. Jamais je n'ai entendu aucun maître donner à son archet une
vibration si pénétrante et si large, et mettre
dans un rapport si intime les cordes de l'âme
et celles de l'instrument. Le chant était simple et sublime. Il ne ressemblait à rien de
ce que j'ai entendu dans nos concerts et sur
nos théâtres. Il portait dans le cœur une

émotion pieuse et belliqueuse à la fois. Nous tombâmes, le maître et moi, dans une sorte de ravissement, et nous nous disions par nos regards qu'il y avait là quelque chose de grand et de mystérieux. Ceux du vieillard avaient repris une sorte d'éclat vague comme celui de l'extase. Un sourire de béatitude entr'ouvrait ses lèvres flétries, et montrait assez qu'il n'était ni sourd ni insensible.

Tout rentra dans le silence après une courte et adorable mélodie, et bientôt nous vîmes sortir d'une chapelle située vis-à-vis de nous, un homme d'un âge mûr, dont l'extérieur nous remplit d'émotion et de respect. La beauté de son visage austère et les nobles proportions de sa taille contrastaient avec les membres difformes et les traits sauvages du vieillard que *Spartacus* comparait à un *faune converti et baptisé*. Le joueur de violon marchait droit à nous, son instrument sous

le bras, et son archet passé dans sa ceinture
de cuir. De larges pantalons d'une étoffe
grossière, des sandales qui ressemblaient à
des cothurnes antiques, et une saie de peau
de mouton comme celle que portent nos
paysans du Danube, lui donnaient l'apparence d'un pâtre ou d'un laboureur. Mais ses
mains blanches et fines n'annonçaient pas
un homme voué aux travaux de la terre. C'é-
taient les mains d'un artiste, de même que
la propreté de son vêtement et la fierté de
son regard semblaient protester contre sa
misère, et n'en point vouloir subir les conséquences hideuses et dégradantes. Le maître
fut frappé de l'aspect de cet homme. Il me
serra la main, et je sentis le tremblement de
la sienne. « C'est lui ! me dit-il. J'ignorais
qu'il fût musicien ; mais je reconnais son visage pour l'avoir vu dans mes songes. »

Le joueur de violon s'avança vers nous

sans témoigner ni embarras ni surprise. Il
nous rendit avec une bienveillante dignité
le salut que nous lui adressions, et s'approchant du vieillard : « Allons, Zdenko, lui dit-
il, je m'en vais, appuie-toi sur ton ami. » Le
vieillard fit un effort, le musicien le souleva
dans ses bras, et, se courbant sous lui comme
pour lui servir de bâton, il guida ses pas
chancelants en ralentissant sa marche d'a-
près la sienne. Il y avait dans ce soin filial,
dans cette patience d'un homme noble et
beau, encore agile et vigoureux, qui se
traînait sous le poids d'un vieillard en haillons, quelque chose de plus touchant, s'il est
possible, que la sollicitude d'une jeune mère
mesurant sa marche sur les premiers pas in-
certains de son enfant. Je vis les yeux du
maître se remplir de larmes, et je fus ému
aussi, en contemplant tour à tour notre
Spartacus, cet homme de génie et d'avenir,

et cet inconnu en qui je pressentais la même grandeur enfouie dans les ténèbres du passé.

Résolus à le suivre et à l'interroger, mais ne voulant pas le distraire du soin pieux qu'il remplissait, nous marchions derrière lui à une courte distance. Il se dirigeait vers la chapelle d'où il était sorti; et quand il y fut entré, il s'arrêta et parut contempler des tombes brisées que la ronce et la mousse avaient envahies. Le vieillard s'était agenouillé, et quand il se releva, son ami baisa une de ces tombes, et se mit en devoir de s'éloigner avec lui.

C'est alors seulement qu'il nous vit près de lui, et il parut éprouver quelque surprise; mais aucune méfiance ne se peignit dans son regard, à la fois brillant et placide comme celui d'un enfant. Cet homme paraissait pourtant avoir compté plus d'un demi-siècle, et ses épais cheveux gris ondés autour de son mâle visage faisaient ressorür l'éclat de ses grands yeux noirs. Sa bouche avait une expression indéfinissable de force et de simplicité. On eût dit qu'il avait deux âmes, une toute d'enthousiasme pour les choses célestes, une toute de bienveillance pour les hommes d'ici-bas.

Nous cherchions un prétexte pour lui adresser la parole, lorsque, se mettant tout à coup en rapport d'idées avec nous, par une naïveté d'expansion extraordinaire : « Vous m'avez vu baiser ce marbre, nous dit-il, et ce vieillard s'est prosterné sur ces tombeaux. Ne prenez pas ceci pour des actes d'idolâtrie. On baise le vêtement d'un saint, comme on porte sur son cœur le gage de l'amour et de l'amitié. La dépouille des morts n'est qu'un vêtement usé. Nous ne le foulons pas sous les pieds avec indifférence ; nous le gardons avec respect et nous nous en détachons avec re-

gret. O mon père, ô mes parents bien-aimés !
je sais bien que vous n'êtes pas ici, et ces
inscriptions mentent quand elles disent : *Ici
reposent les Rudolstadt !* Les Rudolstadt sont
tous debout, tous vivants et agissants dans le
monde selon la volonté de Dieu. Il n'y a sous
ces marbres que des ossements, des formes
où la vie s'est produite et qu'elle a abandon-
nées pour revêtir d'autres formes. Bénies
soient les cendres des aïeux ! bénis soient
l'herbe et le lierre qui les couronnent ! bénies
la terre et la pierre qui les défendent ! mais
béni, avant tout, soit le Dieu vivant qui dit
aux morts : « Levez-vous et rentrez dans
mon âme féconde, où rien ne meurt, où tout
se renouvelle et s'épure ! »

— Liverani ou Ziska Trismégiste, est-ce
vous que je retrouve ici sur la tombe de vos
ancêtres ? s'écria *Spartacus* éclairé d'une certitude céleste.

— Ni Liverani, ni Trismégiste, ni même Jean Ziska! répondit l'inconnu. Des spectres ont assiégé ma jeunesse ignorante; mais la lumière divine les a absorbés, et le nom des aïeux s'est effacé de ma mémoire. Mon nom est *homme*, et je ne suis rien de plus que les autres hommes.

— Vos paroles sont profondes, mais elles indiquent de la méfiance, reprit le maître. Fiez-vous à ce signe; ne le reconnaissez-vous pas? »

Et aussitôt *Spartacus* lui fit les signes maçonniques des hauts grades.

« J'ai oublié ce langage, répondit l'inconnu. Je ne le méprise pas, mais il m'est devenu inutile. Frère, ne m'outrage pas en supposant que je me méfie de toi. Ton nom, à toi aussi, n'est-il pas *homme?* Les hommes ne m'ont jamais fait de mal, ou, s'ils m'en ont fait, je ne le sais plus. C'était donc un mal très borné, au prix du bien infini qu'ils peuvent se faire les uns aux autres et dont je dois leur savoir gré d'avance.

— Est-il possible , ô homme de bien , s'écria Spartacus , que tu ne comptes le temps pour rien dans ta notion et dans ton sentiment de la vie ?

— Le temps n'existe pas : et si les hommes méditaient davantage l'essence divine , ils ne compteraient pas plus que moi les siècles et les années. Qu'importe à celui qui participe de Dieu au point d'être éternel , à celui qui a toujours vécu et qui ne cessera jamais de vivre, un peu plus ou un peu moins de sable au fond de la clepsydre ? La main qui retourne le sablier peut se hâter ou s'engourdir ; celle qui fournit le sable ne s'arrêtera pas.

— Tu veux dire que l'homme peut oublier de compter et de mesurer le temps , mais

que la vie coule toujours abondante et féconde du sein de Dieu ? Est-ce là ta pensée?

— Tu m'as compris, jeune homme. Mais
j'ai une plus belle démonstration des grands
mystères.

— Des mystères? Oui, je suis venu de
bien loin pour t'interroger et m'instruire auprès de toi.

— Écoute donc! dit l'inconnu en faisant
asseoir sur une tombe le vieillard qui lui
obéissait avec la confiance d'un petit enfant.
Ce lieu-ci m'inspire particulièrement, et c'est
ici qu'aux derniers feux du soleil et aux premières blancheurs de la lune, je veux élever
ton âme à la connaissance des plus sublimes
vérités. »

Nous palpitions de joie à l'idée d'avoir
trouvé enfin, après deux années de recherches et de perquisitions, ce mage de notre
religion, ce philosophe à la fois métaphysi-

cien et organisateur qui devait nous confier
le fil d'Ariane et nous faire retrouver l'issue
du labyrinthe des idées et des choses pas·
sées. Mais l'inconnu, saisissant son violon,
se mit à en jouer avec verve. Son vigoureux
archet faisait frémir les plantes comme le
vent du soir, et résonner les ruines comme
la voix humaine. Son chant avait un caractère particulier d'enthousiasme religieux, de
simplicité antique et de chaleur entraînante.
Les motifs étaient d'une ampleur majestueuse
dans leur briéveté énergique. Rien, dans ces
chants inconnus, n'annonçait la langueur et
la rêverie. C'étaient comme des hymnes guerriers, et ils faisaient passer devant nos yeux
des armées triomphantes, portant des ban-
nières, des palmes et les signes mystérieux
d'une religion nouvelle. Je voyais l'immen-
sité des peuples réunis sous un même étendard; aucun tumulte dans les rangs, une

fièvre sans délire, un élan impétueux sans
colère, l'activité humaine dans toute sa splendeur, la victoire dans toute sa clémence, et
la foi dans toute son expansion sublime.

« Cela est magnifique ! m'écriai-je quand
il eut joué avec feu cinq ou six de ces chants
admirables. C'est le *Te Deum* de l'Humanité
rajeunie et réconciliée, remerciant le Dieu
de toutes les religions, la lumière de tous les
hommes.

— Tu m'as compris, enfant ! dit le musicien en essuyant la sueur et les larmes qui
baignaient son visage ; et tu vois que le
temps n'a qu'une voix pour proclamer la
vérité. Regarde ce vieillard, il a compris
aussi bien que toi, et le voilà rajeuni de
trente années. »

Nous regardâmes le vieillard auquel nous
ne songions déjà plus. Il était debout, il marchait avec aisance, et frappait la terre de

son pied en mesure, comme s'il eût voulu
s'élancer et bondir comme un jeune homme.
La musique avait fait en lui un miracle ; il
descendit avec nous la colline sans vouloir
s'appuyer sur aucun de nous. Quand sa marche se ralentissait, le musicien lui disait :
« Zdenko, veux-tu que je te joue encore la
marche de *Procope le Grand*. ou la bénédiction du drapeau des Orébites? » Mais le vieillard lui faisait signe qu'il avait encore de la
force, comme s'il eût craint d'abuser d'un remède céleste et d'user l'inspiration de son ami.

Nous nous dirigions vers le hameau que
nous avions laissé sur la droite au fond de la
vallée, lorsque nous avions pris le chemin
des ruines. Chemin faisant, *Spartacus* in-
terrogea l'inconnu. « Tu nous as fait entendre des mélodies incomparables , lui dit-il,
et j'ai compris que , par ce brillant pré-
lude, tu voulais disposer nos sens à l'enthou-

siasme qui te déborde tu voulais t'exalter toi-
même, comme les pythonisses et les prophètes
pour arriver à prononcer tes oracles, armé de
toute la puissance de l'inspiration, et tout rem-
pli de l'esprit du Seigneur. Parle donc maintenant. L'air est calme, le sentier est facile,
la lune éclaire nos pas. La nature entière semble plongée dans le recueillement pour t'écouter, et nos cœurs appellent tes révélations.
Notre vaine science, notre orgueilleuse raison s'humilieront sous ta parole brûlante.
Parle, le moment est venu. »

Mais l'inconnu refusa de s'expliquer. « Que
te dirais-je que je ne t'aie dit tout à l'heure
dans une langue plus belle? Est-ce ma faute
si tu ne m'as pas compris? Tu crois que j'ai
voulu parler à tes sens, et c'était mon âme
qui te parlait! Que dis-je! c'était l'âme de
l'Humanité tout entière qui te parlait par la
mienne. J'étais vraiment inspiré alors. Main-

tenant je ne le suis plus. J'ai besoin de me reposer. Tu éprouverais le même besoin si tu avais reçu tout ce que je voulais faire passer de mon être dans le tien.

Il fut impossible à *Spartacus* d'en obtenir autre chose ce soir-là. Quand nous eûmes atteint les premières chaumières : « Amis, nous dit l'inconnu, ne me suivez pas davantage, et revenez me voir demain. Vous pouvez frapper à la première porte venue. Partout ici vous serez bien reçus, si vous connaissez la langue du pays. »

Il ne fut pas nécessaire de faire briller le peu d'argent dont nous étions munis. L'hospitalité du paysan bohême est digne des temps antiques. Nous fûmes reçus avec une obligeance calme, et bientôt avec une affectueuse cordialité, quand on nous entendit parler la langue slave sans difficulté ; le peuple d'ici est encore en méfiance de quiconque l'aborde avec des paroles allemandes à la bouche.

Nous sûmes bientôt que nous étions au pied de la montagne et du château *des Géants*, et, d'après ce nom, nous eussions pu nous croire transportés par enchantement dans la grande chaîne septentrionale des Karpathes. Mais on nous apprit qu'un des ancêtres de la famille Podiebrad avait ainsi baptisé son domaine, par souvenir d'un vœu qu'il avait fait dans le *Riesengebürge*, On nous raconta aussi comment les descendants de Podiebrad avaient changé leur propre nom, après les désastres de la guerre de trente ans, pour prendre celui de Rudolstadt; la persécution s'étendait alors jusqu'à germaniser les noms des villes, des terres, des familles et des individus. Toutes ces traditions sont encore vivantes dans le cœur des paysans bohêmes. Ainsi le mystérieux Trismégiste, que nous cherchions, est bien réellement le même Albert Podiebrad, qui fut enterré vivant, il y a vingt-cinq ans, et qui, arraché de la tombe, on n'a jamais su par quel miracle, disparut longtemps et fut persécuté et enfermé, dix ou quinze ans plus tard, comme faussaire, imposteur et surtout comme franc-maçon et rose-croix ; c'est bien ce fameux comte de Rudolstadt, dont l'étrange procès fut étouffé avec soin, et dont l'identité n'a jamais pu être constatée. Ami, ayez donc confiance aux inspirations du maître ; vous trembliez de nous voir, d'après des révélations vagues et incomplètes, courir à la recherche d'un homme qui pouvait être, comme tant d'autres illuminés de la précédente formation, un chevalier d'industrie impudent ou un aventurier ridicule. Le maître avait deviné juste. A quelques traits épars, à quelques écrits mystérieux de ce personnage étrange, il avait pressenti un homme d'intelligence et de vérité,

un précieux gardien du feu sacré et des sai-
nes traditions de l'Illuminisme antérieur, un
adepte de l'antique secret, un docteur de
l'interprétation nouvelle. Nous l'avons trouvé,
et nous en savons plus long aujourd'hui sur
l'histoire de la maçonnerie, sur les fameux
Invisibles, dont nous révoquions en doute les
travaux et jusqu'à l'existence, sur les mystères anciens et modernes, que nous n'en avions
appris en cherchant à déchiffrer des hiéro-
glyphes perdus, ou en consultant d'anciens
adeptes usés par la persécution et avilis par
la peur. Nous avons trouvé enfin un homme,
et nous vous reviendrons avec ce feu sacré,
qui fit jadis d'une statue d'argile, un être in-
telligent, un nouveau dieu, rival des antiques
dieux farouches et stupides. Notre maître est
le Prométhée. Trismégiste avait la flamme
dans son cœur, et nous lui en avons assez

dérobé pour vous initier tous à une vie nouvelle.

Les récits de nos bons hôtes nous tinrent
assez longtemps éveillés autour du foyer
rustique. Ils ne s'étaient pas souciés, eux,
des jugements et des attestations légales qui
déclaraient Albert de Rudolstadt déchu, par
une attaque de catalepsie, de son nom et de
ses droits. L'amour qu'ils portaient à sa mémoire, la haine de l'étranger, ces spoliateurs
autrichiens qui vinrent, après avoir arraché
la condamnation de l'héritier légitime, se
partager ses terres et son château ; le gas-
pillage éhonté de cette grande fortune, dont
Albert eût fait un si noble usage, et surtout
le marteau du démolisseur, s'acharnant à
cette antique demeure seigneuriale, pour en
vendre à bas prix les matériaux, comme si
certains animaux destructeurs et profana-
teurs de leur nature avaient besoin de salir

et de gâter la proie qu'ils ne peuvent empor-
ter : c'en était bien assez pour que les paysans
du Boehmerwald préférassent une vérité
poétiquement miraculeuse aux assertions
raisonnablement odieuses des vainqueurs.
Vingt-cinq ans se sont écoulés depuis la dis-
parition d'Albert Podiebrad ; et personne ici
n'a voulu croire à sa mort, bien que toutes
les gazettes allemandes l'aient publiée, en
confirmation d'un jugement inique, bien que
toute l'aristocratie de la cour de Vienne ait
ri de mépris et de pitié en écoutant l'histoire
d'un fou qui se prenait de bonne foi pour
un mort ressuscité. Et voilà que depuis huit
jours Albert de Rudolstadt est dans ces montagnes, et qu'il va prier et chanter, chaque
soir, sur les ruines du château de ses pères.
Et voilà aussi que, depuis huit jours, tous les
hommes assez âgés pour l'avoir vu jeune le
reconnaissent sous ses cheveux gris et se

prosternent devant lui, comme devant leur
véritable maître et leur ancien ami. Il y a
quelque chose d'admirable dans ce souvenir
et dans l'amour que lui portent ces gens-là;
rien, dans notre monde corrompu, ne peut
donner l'idée des mœurs pures et des
nobles sentiments que nous avons ren-
contrés ici. *Spartacus* en est pénétré de
respect, et il en est d'autant plus frappé,
qu'une petite persécution que nous avons
subie de la part de ces paysans est venue
nous confirmer leur fidélité au malheur et à
la reconnaissance.

Voici le fait : quand, dès la pointe du jour,
nous voulûmes sortir de la chaumière pour
nous enquérir du joueur de violon, nous trou-
vâmes un piquet de fantassins improvisés,
gardant toutes les issues de notre gîte. « Par-
donnez-nous, me dit le chef de la famille

avec calme, d'avoir appelé tous nos parents
et nos amis, avec leurs fléaux et leurs faux,
pour vous retenir ici malgré vous Vous serez libres ce soir. » Et comme nous nous
étonnions de cette violence : « Si vous êtes
d'honnêtes gens, reprit notre hôte d'un air
grave, si vous comprenez l'amitié et le dé-
vouement, vous ne serez point en colère contre nous. Si, au contraire, vous êtes des four-
bes et des espions envoyés ici pour persécu-
ter et enlever notre Podiebrad, nous ne le
souffrirons pas, et nous ne vous laisserons
sortir que quand il sera bien loin, hors de
vos atteintes. »

Nous comprîmes que la méfiance était venue dans la nuit à ces honnêtes gens, d'abord
si expansifs avec nous, et nous ne pûmes
qu'admirer leur sollicitude. Mais le maître
était désespéré de perdre de vue ce précieux
hiérophante que nous étions venus chercher

avec tant de peine et si peu de chances de succès. Il prit le parti d'écrire à Trismégiste dans le chiffre maçonnique, de lui dire son nom, sa position, de lui faire pressentir ses desseins et d'invoquer sa loyauté pour nous soustraire à la méfiance des paysans. Peu d'instants après que cette lettre eut été portée à la chaumière voisine, nous vîmes arriver une femme devant laquelle les paysans ouvrirent avec respect leur phalange hérissée d'armes rustiques. Nous les entendîmes murmurer : La *Zingara! la Zingara de consolation!* Et bientôt cette femme entra dans la chaumière avec nous, et, fermant les portes derrière elle, se mit à nous interroger par les signes et les formules de la maçonnerie écossaise, avec une sévérité scrupuleuse. Nous étions fort surpris de voir une femme initiée à ces mystères qu'aucune autre n'a jamais possédés, que je sache ; et l'air imposant, le regard

scrutateur de celle-là nous inspiraient un
certain respect, en dépit du costume bien
évidemment zingaro qu'elle portait avec l'aisance que donne l'habitude. Sa jupe rayée,
son grand manteau de bure fauve rejeté sur
son épaule comme une draperie antique, ses
cheveux noirs comme la nuit, séparés sur
son front et rattachés par une bandelette de
laine bleue, ses grands yeux pleins de feu,
ses dents blanches comme l'ivoire, sa peau
halée mais fine, ses petits pieds et ses mains
effilées, et, pour compléter son portrait, une
guitare assez belle passée en sautoir sous son
manteau, tout dans sa personne et dans son
costume accusait au premier abord le type et
la profession d'une Zingara. Comme elle
était fort propre et que ses manières étaient
pleines de calme et de dignité, nous pensâmes
que c'était la reine de son camp. Mais lorsqu'elle nous eut appris qu'elle était la femme

de Trismégiste, nous la regardâmes avec plus d'intérêt et d'attention. Elle n'est plus jeune, et cependant on ne saurait dire si c'est une personne de quarante ans flétrie par la fatigue, ou une de cinquante remarquablement conservée. Elle est encore belle, et sa taille élégante et légère a des attitudes si nobles, une grâce si chaste, qu'en la voyant marcher on la prendrait pour une jeune fille. Quand la première sévérité de ses traits se fut adoucie, nous fûmes peu à peu pénétrés du charme qui était en elle. Son regard est angélique, et le son de sa voix vous remue le cœur comme une mélodie céleste. Quelle que soit cette femme, épouse légitime du philosophe ou généreuse aventurière attachée à ses pas par suite d'une ardente passion, il est impossible de penser, en la regardant et en l'écoutant parler, qu'aucun vice, aucun instinct dégradant ait pu souiller un être si calme.

si franc et si bon. Nous avions été effrayés,
dans le premier moment, de trouver notre
sage avili par des liens grossiers. Il ne nous
fallut pas longtemps pour découvrir que, dans
les rangs de la véritable noblesse, celle du
cœur et de l'intelligence, il avait rencontré
une poétique amante, une âme sœur de la
sienne, pour traverser avec lui les orages de
la vie.

— Pardonnez-moi mes craintes et ma méfiance, nous dit-elle quand nous eûmes satisfait à ses questions. Nous avons été persécutés, nous avons beaucoup souffert. Grâce au
ciel, mon ami a perdu la mémoire du malheur ; rien ne peut plus l'inquiéter ni le faire
souffrir. Mais moi que Dieu a placée près de
lui pour le préserver, je dois m'inquiéter à
sa place et veiller à ses côtés. Vos physiono-
mies et l'accent de vos voix me rassurent
plus encore que ces signes et ces paroles que

nous venons d'échanger ; car on a étrangement abusé des mystères, et il y a eu autant
de faux frères que de faux docteurs. Nous
devrions être autorisés par la prudence humaine à ne plus croire à rien ni à personne ;
mais que Dieu nous préserve d'en venir à ce
point d'égoïsme et d'impiété ! La famille des
fidèles est dispersée, il est vrai ; il n'y a plus
de temple pour communier en esprit et en
vérité. Les adeptes ont perdu le sens des mystères ; la lettre a tué l'esprit. L'art divin est
méconnu et profané parmi les hommes ; mais
qu'importe, si la foi persiste dans quelques-
uns ? Qu'importe, si la parole de vie reste en
dépôt dans quelque sanctuaire ? Elle en sortira encore, elle se répandra encore dans le
monde, et le temple sera peut-être recons-
truit par la foi de la Chananéenne et le de-
nier de la veuve.

— Nous venons chercher précisément cette

parole de vie, répondit le maître. On la pro-
nonce dans tous les sanctuaires, et il est vrai
qu'on ne la comprend plus. Nous l'avons commentée avec ardeur, nous l'avons portée en
nous avec persévérance; et, après des années
de travail et de méditation, nous avons cru
trouver l'interprétation véritable. C'est pourquoi nous venons demander à votre époux la
sanction de notre foi ou le redressement de
notre erreur. Laissez-nous parler avec lui.
Obtenez qu'il nous écoute et qu'il nous ré-
ponde.

— Cela ne dépendra pas de moi, répondit
la Zingara, et de lui encore moins. Trismégiste n'est pas toujours inspiré, bien qu'il vive
désormais sous le charme des illusions poé-
tiques. La musique est sa manifestation ha-
bituelle. Rarement ses idées métaphysiques
sont assez lucides pour s'abstraire des émo-
tions du sentiment exalté. A l'heure qu'il est,

il ne saurait rien vous dire de satisfaisant. Sa
parole est toujours claire pour moi, mais elle
serait obscure pour vous qui ne le connaissez
pas. Il faut bien que je vous en avertisse ; au
dire des hommes aveuglés par leur froide
raison, Trismégiste est fou ; et tandis que le
peuple-poète offre humblement les dons de
l'hospitalité au virtuose sublime qui l'a ému
et ravi, le monde vulgaire jette l'aumône de
la pitié au rapsode vagabond qui promène
son inspiration à travers les cités. Mais j'ai
appris à nos enfants qu'il ne fallait pas ramasser cette aumône, ou qu'il fallait la ramasser seulement pour le mendiant infirme
qui passe à côté de nous et à qui le ciel a refusé le génie pour émouvoir et persuader les
hommes. Nous autres, nous n'avons pas besoin de l'argent du riche, nous ne mendions
pas ; l'aumône avilit celui qui la reçoit et en-
durcit celui qui la fait. Tout ce qui n'est pas

l'échange doit disparaître dans la société fu-
ture. En attendant, Dieu nous permet, à mon
époux et à moi, de pratiquer cette vie d'é-
change, et d'entrer ainsi dans l'idéal. Nous
apportons l'art et l'enthousiasme aux âmes
susceptibles de sentir l'un et d'aspirer à l'autre.
Nous recevons l'hospitalité religieuse du pauvre, nous partageons son gîte modeste, son
repas frugal ; et quand nous avons besoin
d'un vêtement grossier, nous le gagnons par
un séjour de quelques semaines et des leçons
de musique à la famille. Quand nous passons
devant la demeure orgueilleuse du châte-
lain, comme il est notre frère aussi bien que
le pâtre, le laboureur et l'artisan, nous chan-
tons sous sa fenêtre et nous nous éloignons
sans attendre un salaire ; nous le considérons
comme un malheureux qui ne peut rien
échanger avec nous, et c'est nous alors qui lui
faisons l'aumône. Enfin nous avons réalisé la

vie d'artiste comme nous l'entendions ; car
Dieu nous avait faits artistes ; et nous devions
user de ses dons. Nous avons partout des amis
et des frères dans les derniers rangs de cette
société qui croirait s'avilir en nous deman-
dant notre secret pour être probes et libres.
Chaque jour nous faisons de nouveaux disciples de l'art ; et quand nos forces seront épui-
sées, quand nous ne pourrons plus nourrir
et porter nos enfants, ils nous porteront à
leur tour, et nous serons nourris et consolés
par eux. Si nos enfants venaient à nous manquer, à être entraînés loin de nous par des
vocations différentes, nous ferions comme le
vieux Zdenko que vous avez vu hier, et qui,
après avoir charmé pendant quarante ans,
par ses légendes et ses chansons, tous les
paysans de la contrée, est accueilli et soigné
par eux dans ses dernières années comme un
ami et comme un maître vénérable. Avec des

goûts simples et des habitudes frugales, l'a-
mour des voyages, la santé que donne une
vie conforme au vœu de la nature, avec l'enthousiasme de la poésie, l'absence de mauvaises passions et surtout la foi en l'avenir du
monde, croyez-vous que l'on soit fou de vivre comme nous faisons ? Cependant Trismégiste vous paraîtra peut-être égaré par l'enthousiasme, comme autrefois il me parut à
moi égaré par la douleur. Mais en le suivant
un peu, peut-être reconnaîtrez-vous que c'est
la démence des hommes et l'erreur des institutions qui font paraître fous les hommes de
génie et d'invention. Tenez, venez avec nous,
et voyagez comme nous toute cette journée,
s'il le faut. Il y aura peut-être une heure où
Trismégiste sera en train de parler d'autre
chose que de musique. Il ne faut pas le solliciter, cela viendra de soi-même dans un moment donné. Un hasard peut réveiller ses

anciennes idées. Nous partons dans une heure.
notre présence ici peut attirer sur la tête de
mon époux des dangers nouveaux. Partout
ailleurs nous ne risquons pas d'être reconnus
après tant d'années d'exil. Nous allons à
Vienne, par la chaîne du Bœhmerwald et le
cours du Danube. C'est un voyage que j'ai
fait autrefois, et que je recommencerai avec
plaisir. Nous allons voir deux de nos enfants,
nos aînés, que des amis dans l'aisance ont
voulu garder pour les faire instruire ; car tous
les hommes ne naissent pas pour être artistes, et chacun doit marcher dans la vie par
le chemin que la Providence lui a tracé.

Telles sont les explications que cette femme étrange, pressée par nos questions, et
souvent interrompue par nos objections,
nous donna du genre de vie qu'elle avait
adopté d'après les goûts et les idées de son
époux. Nous acceptâmes avec joie l'offre

qu'elle nous faisait de la suivre ; et, lorsque
nous sortîmes avec elle de la chaumière, la
garde civique, qui s'était formée pour nous
arrêter, avait ouvert ses rangs pour nous
laisser partir. « Allons, enfants, leur cria la
Zingara de sa voix pleine et harmonieuse,
votre ami vous attend sous les tilleuls. C'est
le plus beau moment de la journée, et nous
aurons la prière du matin en musique. Fiez-
vous à ces deux amis, ajouta-t-elle, en nous
désignant de son beau geste naturellement
théâtral : ils sont des nôtres, et ne nous veulent que du bien. » Les paysans s'élancèrent
sur nos pas en criant et en chantant. Tout
en marchant, la Zingara nous apprit qu'elle
et sa famille quittaient le hameau ce matin
même. « Il ne faut pas le dire, ajouta-t-elle ;
une telle séparation ferait verser trop de larmes, car nous avons bien des amis ici. Mais
nous n'y sommes pas en sûreté. Quelque

ancien ennemi peut venir à passer et reconnaître Albert de Rudolstadt sous le costume bohémien. »

Nous arrivâmes sur la place du hameau, une verte clairière, environnée de superbes tilleuls qui laissaient paraître, entre leurs flancs énormes d'humbles maisonnettes et de capricieux sentiers tracés et battus par le pied des troupeaux. Ce lieu nous parut enchanté, aux premières clartés du soleil oblique qui faisait briller le tapis d'émeraudes des prairies, tandis que les vapeurs argentées du matin se repliaient sur le flanc des montagnes environnantes. Les endroits ombragés semblaient avoir conservé quelque chose de la clarté bleuâtre de la nuit, tandis que les cimes des arbres se teignaient d'or et de pourpre. Tout était pur et distinct, tout nous paraissait frais et jeune, même les antiques tilleuls, les toits rongés de mousse, et

les vieillards à barbe blanche qui sortaient
de leurs chaumières en souriant. Au milieu
de l'espace libre, où un mince filet d'eau
cristalline coulait en se divisant et en se croisant sous les pas, nous vîmes Trismégiste
environné de ses enfants, deux charmantes
petites filles, et un garçon de quinze ans,
beau comme l'Endymion des sculpteurs et
des poètes. « voici Wanda, nous dit la Zingara, en nous présentant l'ainée de ses filles,
et la cadette s'appelle Wenceslawa. quant
à notre fils, il a reçu le nom chéri du meilleur
ami de son père, il s'appelle Zdenko. Le vieux
Zdenko a pour lui une préférence marquée.
Vous voyez qu'il tient ma Wenceslawa entre
ses jambes, et l'autre sur ses genoux. Mais
ce n'est point à elles qu'il songe : il a les yeux
fixés sur mon fils, comme s'il ne pouvait se
rassasier de le voir. »

Nous regardâmes le vieillard. Deux ruisseaux de larmes coulaient sur ses joues, et sa figure osseuse, sillonnée de rides, avait l'expression de la béatitude et de l'extase, en contemplant ce jeune homme, ce dernier rejeton des Rudolstadt, qui portait son nom d'esclave avec joie, et qui se tenait debout près de lui, une main dans la sienne. J'aurais voulu peindre ce groupe, et Trismégiste auprès d'eux, les contemplant tour à tour d'un air attendri, tout en accordant son violon et en essayant son archet. « C'est vous, amis? dit-il, en répondant à notre salut respectueux avec cordialité. Ma femme a donc été vous chercher? Elle a bien fait. J'ai de bonnes choses à dire aujourd'hui, et je serai heureux que vous les entendiez. »

Il joua alors du violon avec plus d'ampleur et de majesté encore que la veille. Du moins telle fut notre impression, devenue plus forte et plus délicieuse par le contact de cette

champêtre assemblée, qui frémissait de plaisir et d'enthousiasme, à l'audition des vieilles ballades de la patrie et des hymnes sacrés
de l'antique liberté. L'émotion se traduisait
diversement sur ces mâles visages. Les uns,
ravis comme Zdenko dans la vision du passé,
retenaient leur souffle, et semblaient s'im-
prégner de cette poésie, comme la plante
altérée qui boit avec recueillement les gouttes d'une pluie bienfaisante. D'autres, transportés d'une sainte fureur en songeant aux
maux du présent, fermaient le poing, et,
menaçant des ennemis invisibles, semblaient
prendre le ciel à témoin de leur dignité avilie,
de leur vertu outragée. Il y eut des sanglots
et des rugissements, des applaudissements
frénétiques et des cris de délire. « Amis, nous
dit Albert en terminant, voyez ces hommes
simples! ils ont parfaitement compris ce que
j'ai voulu leur dire ; ils ne me demandent

pas, comme vous le faisiez hier, le sens de mes prophéties.

— Tu ne leur as pourtant parlé que du passé, dit *Spartacus*, avide de ses paroles.

— Le passé, l'avenir, le présent ! quelles vaines subtilités ! reprit Trismégiste en souriant, l'homme ne les porte-il pas tous les trois dans son cœur, et son existence n'est-elle pas toute entière de ce triple milieu ? Mais, puisqu'il vous faut absolument des mots pour peindre vos idées, écoutez mon fils ; il va vous chanter un cantique dont sa mère a fait la musique, et moi les vers. »

Le bel adolescent s'avança, d'un air calme et modeste, au milieu du cercle. On voyait que sa mère, sans croire caresser une faiblesse, s'était dit que, par droit et peut-être aussi par devoir, il fallait respecter et soigner la beauté de l'artiste. Elle l'habille avec une certaine recherche ; ses cheveux super-

bes sont peignés avec soin, et les étoffes de
son costume agreste sont d'une couleur plus
vive et d'un tissu plus léger que ceux du
reste de la famille. Il ôta sa toque, salua ses
auditeurs d'un baiser envoyé collectivement
du bout des doigts, auquel cent baisers envoyés de même répondirent avec effusion; et,
après que sa mère eut préludé sur la guitare
avec un génie particulier empreint de la couleur méridionale, il se mit à chanter, accompagné par elle, les paroles suivantes, que je
traduis pour vous du slave, et dont ils ont
bien voulu me laisser noter aussi le chant
admirable :

La bonne Déesse de la pauvreté.

BALLADE.

« Chemins sablés d'or, landes verdoyantes, ravins aimés des chamois, grandes montagnes couronnées d'étoiles, torrents yagabonds, forêts impénétrables, laissez-la, laissez-la passer, la bonne déesse, la déesse de la pauvreté !

« Depuis que le monde existe, depuis que
les hommes ont été produits, elle traverse le
monde, elle habite parmi les hommes, elle
voyage en chantant, ou elle chante en tra-
vaillant, la déesse, la bonne déesse de la
pauvreté !

« Quelques hommes se sont assemblés pour
la maudire. Ils l'ont trouvée trop belle et
trop gaie, trop agile et trop forte. Arrachons
ses ailes, ont-ils dit ; donnons-lui des chaînes,
brisons-la de coups, et qu'elle souffre, et
qu'elle périsse, la déesse de la pauvreté !

« Ils ont enchaîné la bonne déesse, ils l'ont
battue et persécutée ; mais ils n'ont pu l'avilir : elle s'est réfugiée dans l'âme des poètes,
dans l'âme des paysans, dans l'âme des artistes, dans l'âme des martyrs, et dans l'âme
des saints, la bonne déesse, la déesse de la
pauvreté !

« Elle a marché plus que le Juif errant ;

elle a voyagé plus que l'hirondelle; elle est plus vieille que la cathédrale de Prague, et plus jeune que l'œuf du roitelet; elle a plus pullulé sur la terre que les fraises dans le Bœhmerwald, la déesse, la bonne déesse de la pauvreté!

« Elle a eu beaucoup d'enfants, et elle leur a enseigné le secret de Dieu; elle a parlé au cœur de Jésus sur la montagne; aux yeux de la reine Libussa lorsqu'elle s'enamoura d'un laboureur; à l'esprit de Jean et de Jérôme sur le bûcher de Constance : elle en sait plus que tous les docteurs et tous les évêques, la bonne déesse de la pauvreté!

» Elle fait toujours les plus grandes et les plus belles choses que l'on voit sur la terre; c'est elle qui cultive les champs et qui émonde les arbres; c'est elle qui conduit les troupeaux en chantant les plus beaux airs; c'est elle qui voit poindre l'aube et qui reçoit le

premier sourire du soleil, la bonne déesse de
la pauvreté !

« C'est elle qui bâtit de rameaux verts la
cabane du bûcheron, et qui donne au bra-
connier le regard de l'aigle ; c'est elle qui élève
les plus beaux marmots et qui rend la char-
rue et la bêche légères aux mains du vieillard, la bonne déesse de la pauvreté !

« C'est elle qui inspire le poète et qui rend
le violon, la guitare et la flûte éloquents sous
les doigts de l'artiste vagabond ; c'est elle qui
le porte sur son aile légère de la source de
a Moldau à celle du Danube ; c'est elle qui
couronne ses cheveux des perles de la rosée,
et qui fait briller pour lui les étoiles plus larges et plus claires, la déesse, la bonne déesse
de la pauvreté.

« C'est elle qui instruit l'artisan ingénieux
et qui lui apprend à couper la pierre, à tail-
ler le marbre, à façonner l'or et l'argent, le

cuivre et le fer ; c'est elle qui rend, sous les doigts de la vieille mère et de la jeune, fille le lin souple et fin comme un cheveu, la bonne déesse de la pauvreté !

« C'est elle qui soutient la chaumière ébranlée par l'orage ; c'est elle qui ménage la résine de la torche et l'huile de la lampe ; c'est elle qui pétrit le pain de la famille et qui tisse les vêtements d'hiver et d'été ; c'est elle qui nourrit et alimente le monde, la bonne déesse de la pauvreté !

« C'est elle qui a bâti les grands châteaux et les vieilles cathédrales ; c'est elle qui porte le sabre et le fusil ; c'est elle qui fait la guerre et les conquêtes ; c'est elle qui ramasse les morts, qui soigne les blessés et qui cache le vaincu, la bonne déesse de la pauvreté !

« Tu es de toute douceur, toute patience, toute force et toute miséricorde, ô bonne déesse ! c'est toi qui réunis tous tes enfants dans un saint amour, et qui leur donnes la charité, la foi, l'espérance, ô déesse de la pauvreté!

« Tes enfants cesseront un jour de porter le monde sur leurs épaules ; ils seront récompensés de leur peine et de leur travail. Le temps approche où il n'y aura plus ni riches, ni pauvres, où tous les hommes consommeront les fruits de la terre, et jouiront également des bienfaits de Dieu ; mais tu ne seras point oubliée dans leurs hymnes, ô bonne déesse de la pauvreté!

« Ils se souviendront que tu fus leur mère féconde, leur nourrice robuste et leur église militante. Ils répandront le baume sur tes blessures, et ils te feront de la terre rajeunie et embaumée un lit où tu pourras enfin te reposer, ô bonne déesse de la pauvreté!

« En attendant le jour du Seigneur, torrents et forêts, montagnes et vallées, landes

qui fourmillez de petites fleurs et de petits
oiseaux, chemins sablés d'or qui n'avez pas
de maîtres, laissez-la, laissez-la passer, la
bonne déesse, la déesse de la pauvreté! »

Imaginez-vous cette ballade, rendue en
beaux vers dans une langue douce et naïve
qui semble avoir été faite pour les lèvres de
l'adolescence, adaptée à une mélodie qui
remue le cœur et en arrache les larmes les
plus pures, une voix séraphique qui chante
avec une pureté exquise, un accent musical
incomparable; et tout cela dans la bouche du
fils de Trismégiste, de l'élève de la Zingara, du
plus beau, du plus candide et du mieux doué
des enfants de la terre! Si vous pouvez vous
représenter pour cadre un vaste groupe de
figures mâles, ingénues et pittoresques, au
milieu d'un paysage de Ruysdal, et le tor-

rent qu'on ne voyait pas, mais qui envoyait, du fond du ravin, comme une fraîche harmonie mêlée à la clochette lointaine des chèvres sur la montagne, vous concevrez notre émotion et l'ineffable jouissance poétique où nous restâmes longtemps plongés.

Maintenant, mes enfants, dit Albert Podiebrad aux villageois, nous avons prié, il faut travailler. Allez aux champs; moi je vais chercher, avec ma famille, l'inspiration et la vie à travers la forêt.

— Tu reviendras ce soir? » s'écrièrent tous les paysans.

La Zingara fit un signe d'affection qu'ils prirent pour une promesse. Les deux petites filles, qui ne comprenaient rien au cours du temps ni aux chances du voyage, crièrent : « Oui! oui! » avec une joie enfantine, et les paysans se dispersèrent. Le vieux Zdenko s'assit sur le seuil de la chaumière, après avoir veillé d'un air paternel à ce que l'on garnît la gibecière de son filleul du déjeûner de la famille. Puis la Zingara nous fit signe de suivre, et nous quittâmes le village sur les traces de nos musiciens ambulants. Nous avions le revers du ravin à monter. Le maître et moi prîmes chacun une des petites filles dans nos bras, et ce fut pour nous une occasion d'aborder Trismégiste, qui, jusques-là, n'avait pas semblé s'apercevoir de notre présence. « Vous me voyez un peu rêveur, me dit-il. Il m'en coûte de tromper ces amis que nous quittons, et ce vieillard que j'aime et qui nous cherchera demain par tous les sentiers de la forêt. Mais Consuelo l'a voulu ainsi, ajouta-t-il, en nous désignant sa femme. Elle croit qu'il y a du danger pour nous à rester plus longtemps ici. Moi, je ne puis me persuader que nous fassions désormais peur ou envie à personne. Qui com-

prendrait notre bonheur ? Mais elle assure
que nous attirons le même danger sur la
tête de nos amis, et, bien que je ne sache
pas comment, je cède à cette considération.
D'ailleurs, sa volonté a toujours été ma volonté, comme la mienne a toujours été la
sienne. Nous ne rentrerons pas ce soir au
hameau. Si vous êtes nos amis comme vous
en avez l'air, vous y retournerez à la nuit,
quand vous vous serez assez promenés, et vous
leur expliquerez cela. Nous ne leur avons
pas fait d'adieux pour ne pas les affliger,
mais vous leur direz que nous reviendrons.
Quant à Zdenko, vous n'avez qu'à lui dire
demain, ses prévisions ne vont pas au-delà.
Tous les jours, toute la vie, c'est pour lui *demain*. Il a dépouillé l'erreur des notions humaines. Il a les yeux ouverts sur l'éternité,
dans le mystère de laquelle il est prêt à s'ab-

sorber pour y prendre la jeunesse de la vie. Zdenko est un sage, l'homme le plus sage que j'aie jamais connu. »

L'espèce d'égarement de Trismégiste produisait sur sa femme et sur ses enfants un effet digne de remarque. Loin d'en rougir devant nous, loin d'en souffrir pour eux-mêmes, ils écoutaient chacune de ses paroles avec respect, et il semblait qu'ils trouvassent dans ses oracles la force de s'élever au-dessus de la vie présente et d'eux-mêmes. Je crois qu'on eût bien étonné et bien indigné ce noble adolescent qui épiait avidement chaque pensée de son père, si on lui eût dit que c'étaient les pensées d'un fou. Trismégiste parlait rarement, et nous remarquâmes aussi que ni sa femme ni ses enfants ne l'y provoquaient jamais sans une absolue nécessité. Ils respectaient religieusement le mystère de sa rêverie, et quoique la Zingara eût

les yeux sans cesse attachés sur lui, elle semblait bien plutôt craindre pour lui les impor-
tunités, que l'ennui de l'isolement où il se pla-
çait. Elle avait étudié sa bizarrerie, et je me
sers de ce mot pour ne plus prononcer celui
de folie qui me répugne encore davantage
quand il s'agit d'un tel homme et d'un état
de l'âme si respectable et si touchant. J'ai
compris, en voyant ce Trismégiste, la vénéra-
ration que les paysans, grands théologiens
et grands métaphysiciens sans le savoir, et
les peuples de l'Orient portent aux hommes
privés de ce qu'on appelle le flambeau de la
raison. Ils savent que quand on ne trouble
pas, par de vains efforts et de cruelles mo-
queries, cette abstraction de l'intelligence,
elle peut devenir une faculté exceptionnelle
du genre le plus poétiquement divin, au lieu
de tourner à la fureur ou à l'abrutissement.

J'ignore ce que deviendrait Trismégiste, si sa famille ne s'interposait pas comme un rempart d'amour et de fidélité entre le monde et lui. Mais s'il devait dans ce cas succomber à son délire, ce serait une preuve de plus de ce qu'on doit de respect et de sollicitude aux infirmes de sa trempe, et à tous les infirmes quels qu'ils soient.

Cette famille marchait avec une aisance et une agilité qui eurent bientôt épuisé nos forces. Les petits enfants eux-mêmes, si on ne les eût empêchés de se fatiguer en les portant, eussent dévoré l'espace. On dirait qu'ils se sentent nés pour marcher comme le poisson pour nager. La Zingara ne veut pas que son fils prenne les petites dans ses bras, malgré son bon désir, tant qu'il n'aura pas achevé sa croissance et que sa voix n'aura pas subi la crise que les chanteurs appellent

la mue. Elle soulève sur son épaule robuste
ces créatures souples et confiantes, et les
porte aussi légèrement que sa guitare. La
force physique est un des bénéfices de cette
vie nomade qui devient une passion pour
l'artiste pauvre, comme pour le mendiant ou
le naturaliste.

Nous étions très fatigués, lorsqu'à travers
les plus rudes sentiers nous arrivâmes à un
lieu sauvage et romantique appelé le Schréckenstein. Nous remarquâmes qu'aux appro-
ches de ce lieu, la Consuelo regardait son
mari avec plus d'attention, et marchait plus
près de lui, comme si elle eût redouté quelque danger ou quelque émotion pénible. Rien
ne troubla cependant la placidité de l'artiste.
Il s'assit sur une grande pierre qui domine
une colline aride. Il y a quelque chose d'effrayant dans cet endroit. Les rocs s'y entas-
sent en désordre, et y brisent continuelle-

ment les arbres sous leur chute. Ceux de
ces arbres qui ont résisté ont leurs racines
hors du sol , et semblent s'accrocher par ces
membres noueux à la roche qu'ils menacent
d'entraîner. Un silence de mort règne sur ce
chaos. Les pâtres et les bûcherons s'en éloi-
gnent avec terreur, et la terre y est labourée
par les sangliers. Le sable y porte les traces
du loup et du chamois, comme si les animaux
sauvages étaient assurés d'y trouver un re-
fuge contre l'homme. Albert rêva longtemps
sur cette pierre , puis il reporta ses regards
sur ses enfants qui jouaient à ses pieds, et
sur sa femme qui, debout devant lui , cherchait à lire à travers son front. Tout à coup
il se leva, se mit à genoux devant elle , et
réunissant ses enfants d'un geste : « Pros-
ternez-vous devant votre mère , leur dit-il
avec une émotion profonde, car c'est la consolation envoyée du ciel aux hommes infor-

tunés ; c'est la paix du Seigneur promise aux hommes de bonne intention ! »

Les enfants s'agenouillèrent autour de la Zingara, et pleurèrent en la couvrant de caresses. Elle pleura aussi en les pressant sur son sein, et, les forçant de se retourner, elle leur fit rendre le même hommage à leur père. *Spartacus* et moi, nous nous étions prosternés avec eux.

Quand la Zingara eût parlé, le maître reporta son hommage vers Trismégiste, et saisit ce moment pour l'interpeller avec éloquence, pour lui demander la lumière, en lui racontant tout ce qu'il avait étudié, tout ce qu'il avait médité et souffert pour la recevoir. Pour moi, je restai comme enchanté aux pieds de la Zingara. Je ne sais si j'oserais vous dire ce qui se passait en moi. Cette femme pourrait être ma mère, sans doute ; eh bien, je ne sais quel charme émane d'elle encore.

Malgré le respect que j'ai pour son époux,
malgré la terreur dont la seule idée de l'oublier m'eût pénétré en cet instant, je sentais
mon âme tout entière s'élancer vers elle avec
un enthousiasme que ni l'éclat de la jeunesse
ni le prestige du luxe ne m'ont jamais inspiré. O puissé-je rencontrer une femme
semblable à cette Zingara pour lui consacrer
ma vie! Mais je ne l'espère pas, et maintenant que je ne la reverrai plus, il y a au fond
de mon cœur une sorte de désespoir, comme
s'il m'eût été révélé qu'il n'y a pas pour moi
une autre femme à aimer sur la terre.

La Zingara ne me voyait seulement pas.
Elle écoutait *Spartacus*, elle était frappée de
son langage ardent et sincère. Trismégiste
en fut pénétré aussi. Il lui serra la main, et
le fit asseoir sur la pierre du Schréckenstein
auprès de lui. « Jeune homme, lui dit-il, tu
viens de réveiller en moi tous les souvenirs de

ma vie. J'ai cru m'entendre parler moi-même
à l'âge que tu as maintenant, lorsque je de-
mandais ardemment la science de la vertu à
des hommes mûris par l'âge et l'expérience.
J'étais décidé à ne te rien dire. Je me méfiais,
non de ton intelligence ni de ta probité, mais
de la naïveté et de la flamme de ton cœur.
Je ne me sentais pas capable d'ailleurs de
retranscrire, dans une langue que j'ai parlée
autrefois, les pensées que je me suis habitué
depuis à manifester par la poésie de l'art,
par le sentiment. Ta foi a vaincu, elle a fait
un miracle, et je sens que je dois te parler.
Oui, ajouta-t-il après l'avoir examiné en silence pendant un instant, qui nous parut un
siècle, car nous tremblions de voir cette inspiration lui échapper ; oui, je te reconnais
maintenant ! Je me souviens de toi ; je t'ai vu,
je t'ai aimé, j'ai travaillé avec toi dans quelque autre phase de ma vie antérieure. Ton

nom était grand parmi les hommes, mais je ne l'ai pas retenu ; je me rappelle seulement ton regard, ta parole, et cette âme dont la mienne ne s'est détachée qu'avec effort. Je lis mieux dans l'avenir que dans le passé maintenant, et les siècles futurs m'apparaissent souvent, aussi étincelants de lumière que les jours qui me restent à vivre sous cette forme d'aujourd'hui. Eh bien, je te le dis, tu seras grand encore dans ce siècle-ci, et tu feras de grandes choses. Tu seras blâmé, accusé, calomnié, haï, flétri, persécuté, exilé... Mais ton idée te survivra sous d'autres formes, et tu auras agité les choses présentes avec un plan formidable, des conceptions immenses que le monde n'oubliera pas, et qui porteront peut-être les derniers coups au despotisme social et religieux. Oui, tu as raison de chercher ton action dans la société. Tu obéis à ta destinée, c'est-à-dire à ton

inspiration. Ceci m'éclaire. Ce que j'ai senti
en t'écoutant, ce que tu as su me communiquer de ton espérance est une grande preuve
de la réalité de ta mission. Marche donc, agis
et travaille. Le ciel t'a fait organisateur de
destruction : détruis et dissous, voilà ton
œuvre. Il faut de la foi pour abattre comme
pour élever. Moi, je m'étais éloigné volontai-
rement des voies où tu t'élances : je les avais
jugées mauvaises. Elles ne l'étaient sans
doute qu'accidentellement. Si de vrais servi-
teurs de la cause se sentent appelés à les tenter encore, c'est qu'elles sont redevenues
praticables. Je croyais qu'il n'y avait plus
rien à espérer de la société officielle, et qu'on
ne pouvait la réformer en y restant. Je me
suis placé en dehors d'elle, et, désespérant
de voir le salut descendre sur le peuple du
faîte de cette corruption, j'ai consacré les
dernières années de ma force à agir directe-

ment sur le peuple. Je me suis adressé aux pauvres, aux faibles, aux opprimés, et je leur ai apporté ma prédication sous la forme de l'art et de la poésie, qu'ils comprennent parce qu'ils l'aiment. Il est possible que je me sois trop méfié des bons instincts qui palpitent encore chez les hommes de la science et du pouvoir. Je ne les connais plus depuis que, dégoûté de leur scepticisme impie et de leur superstition plus impie encore, je me suis éloigné d'eux avec dégoût pour chercher les simples de cœur. Il est probable qu'ils ont dû changer, se corriger et s'instruire. Que dis-je? il est certain que ce monde a marché, qu'il s'est épuré, et qu'il a grandi depuis quinze ans; car toute chose humaine gravite sans cesse vers la lumière, et tout s'enchaîne, le bien et le mal, pour s'élancer vers l'idéal divin. Tu veux t'adresser au monde des savants, des patriciens et des riches; tu veux

niveler par la persuasion : tu veux séduire,
même les rois, les princes et les prélats, par
les charmes de la vérité. Tu sens bouillonner
en toi cette confiance et cette force qui sur-
montent tous les obstacles, et rajeunissent
tout ce qui est vieux et usé. Obéis, obéis au
souffle de l'esprit! continue et agrandis notre
œuvre; ramasse nos armes éparses sur le
champ de bataille où nous avons été vaincus. »

Alors s'engagea entre *Spartacus* et le divin vieillard un entretien que je n'oublierai
de ma vie. Car il se passa là une chose mer-
veilleuse. Ce Rudolstadt, qui n'avait d'abord
voulu nous parler qu'avec les sons de la musique, comme autrefois Orphée, cet artiste
qui nous disait avoir depuis longtemps abandonné la logique et la raison pure pour le pur
sentiment, cet homme que des juges infâmes
ont appelé un insensé et qui a accepté de

passer pour tel, faisant comme un effort sublime par charité et amour divin, devint tout
à coup le plus raisonnable des philosophes, au
point de nous guider dans la voie de la vraie
méthode et de la certitude. *Spartacus*, de son
côté, laissait voir toute l'ardeur de son âme.
L'un était l'homme complet, en qui toutes les
facultés sont à l'unisson ; l'autre était comme
un néophyte plein d'enthousiasme. Je me
rappelai l'Évangile , où il est dit que Jésus
s'entretint sur la montagne avec Moïse et les
Prophètes.

— « Oui, disait *Spartacus*, je me sens une
mission. Je me suis approché de ceux qui
gouvernent la terre, et j'ai été frappé de leur
stupidité, de leur ignorance, et de leur dureté de cœur. Oh ! que la Vie est belle, que la
Nature est belle , que l'Humanité est belle!
Mais que font-ils de la Vie, de la Nature, et
de l'Humanité!.... Et j'ai pleuré longtemps

en voyant et moi, et les hommes mes frères, et toute l'œuvre divine, esclaves de pareils misérables!... Et quand j'ai eu longtemps gémi comme une faible femme, je me suis dit : Qui m'empêche de m'arracher de leurs chaînes et de vivre libre?... Mais après une phase de stoïcisme solitaire, j'ai vu qu'être libre seul, ce n'est pas être libre. L'homme ne peut pas vivre seul. L'homme a l'homme pour objet ; il ne peut pas vivre sans son objet nécessaire. Et je me suis dit : Je suis encore esclave, délivrons mes frères... Et j'ai trouvé de nobles cœurs qui se sont associés à moi... et mes amis m'appellent *Spartacus*.

— Je t'avais bien dit que tu ne ferais que détruire! répondit le vieillard. Spartacus fut un esclave révolté. Mais n'importe, encore une fois. Organise pour détruire. Qu'une société secrète se forme à ta voix pour détruire la forme actuelle de la grande Iniquité. Mais

si tu la veux forte, efficace, puissante, mets
le plus que tu pourras de principes vivants,
éternels, dans cette société destinée à détruire,
afin d'abord qu'elle détruise (car pour détruire, il faut être, toute vie est positive), et
ensuite pour que de l'œuvre de destruction,
renaisse un jour ce qui doit renaître.

— Je t'entends, tu bornes beaucoup ma
mission. N'importe : petite ou grande, je
l'accepte.

— Tout ce qui est dans les conseils de Dieu
est grand. Sache une chose qui doit être la
règle de ton âme. *Rien ne se perd.* Ton nom
et la forme de tes œuvres disparaîtraient, tu
travaillerais *sans nom* comme moi, que ton
œuvre ne serait pas perdue. La balance divine est la mathématique même; et dans le
creuset du divin chimiste, tous les atomes
sont comptés à leur exacte valeur.

— Puisque tu approuves mes desseins,

enseigne-moi donc, et ouvre-moi la route.
Que faut-il faire? Comment faut-il agir sur
les hommes? Est-ce surtout par l'imagination
qu'il faut les prendre? Faut-il profiter de leur
faiblesse et de leur penchant pour le merveilleux? Tu as vu toi-même qu'on peut faire du
bien avec le merveilleux!...

—Oui, mais j'ai vu aussi tout le mal qu'on
peut faire. Si tu savais bien la Doctrine, tu
saurais à quelle époque de l'Humanité nous
vivons, et tu conformerais tes moyens d'action à ton temps.

— Enseigne-moi donc la Doctrine, enseigne-moi la méthode pour agir, enseigne-moi
la certitude.

— Tu demandes la méthode et la certitude
à un artiste, à un homme que les hommes ont
accusé de folie, et persécuté sous ce prétexte!
Il semble que tu t'adresses mal; va demander cela aux philosophes, aux savants.

— C'est à toi que je m'adresse. Eux, je sais ce que vaut leur science.

— Eh bien, puisque tu insistes, je te dirai que la méthode est identique avec la Doctri-ne même, parce qu'elle est identique avec la vérité suprême révélée dans la Doctrine. Et, en y pensant, tu comprendras qu'il ne peut en être autrement. Tout se réduit donc à la connaissance de la Doctrine. »

Spartacus réfléchit, et après un moment de silence :

— « Je voudrais entendre de ta bouche la formule suprême de la doctrine.

— Tu l'entendras, non pas de ma bouche, mais de celle de Pythagore, écho lui-même de tous les sages : O DIVINE TÉTRADE ! Voilà la formule. C'est celle que, sous toutes sortes d'images, de symboles et d'emblèmes, l'Hu-manité a proclamée par la voix des grandes religions, quand elle n'a pu la saisir d'une façon purement spirituelle , sans incarnation, sans idolâtrie, telle qu'il a été donné aux révélateurs de se la révéler à eux mêmes.

— Parle, parle. Et pour te faire comprendre , rappelle-moi quelques-uns de ces emblêmes. Ensuite tu prendras le langage austère de l'absolu.

— Je ne puis séparer, comme tu le voudrais, ces deux choses , la religion en elle-même, dans son essence , et la religion manifestée. Il est de la nature humaine, à notre époque, de voir les deux ensemble. Nous jugeons le passé, et, sans y vivre, nous trouvons en lui la confirmation de nos idées. Mais je vais me faire entendre. Voyons , parlons d'abord de Dieu. La formule s'applique-t-elle à Dieu, à l'essence infinie ? Ce serait un crime qu'elle ne s'appliquât pas à celui dont elle découle. As-tu réfléchi sur la nature de Dieu? Sans doute; car je sens que tu portes le Ciel, le vrai Ciel, dans ton cœur. Eh bien, qu'est-ce que Dieu?

— C'est l'Être, c'est l'Être absolu. *Sum qui sum*, dit le grand livre, la Bible.

— Oui, mais ne savons-nous rien de plus sur sa nature? Dieu n'a-t-il pas révélé à l'Humanité quelque chose de plus?

— Les Chrétiens disent que Dieu est trois personnes en un, le Père, le Fils, l'Esprit.

— Et que disent les traditions des anciennes sociétés secrètes que tu as consultées?

— Elles disent la même chose.

— Ce rapport ne t'a-t-il pas frappé? Religion officielle et triomphante, religion secrète et proscrite, s'accordent sur la nature de Dieu. Je pourrais te parler des cultes antérieurs au Christianisme : tu trouverais, cachée dans leur théologie, la même vérité. L'Inde, l'Égypte, la Grèce, ont connu le Dieu un en trois personnes; mais nous re-

viendrons sur ce point. Ce que je veux te
faire comprendre maintenant, c'est la formule dans toute son extension, sous toutes
ses faces, pour arriver à ce qui t'intéresse,
la méthode, l'organisation, la politique. Je
continue. De Dieu, passons à l'homme.
Qu'est-ce que l'homme ?

— Après une question difficile, tu m'en
poses une qui ne l'est guère moins. L'Oracle
de Delphes avait déclaré que toute sagesse
consistait dans la réponse à cette question :
Homme, connais-toi toi-même.

— Et l'Oracle avait raison. C'est de la nature humaine bien comprise que sort toute
sagesse, comme toute morale, toute organisation, toute vraie politique. Permets
donc que je te répète ma question. Qu'est-ce
que l'homme ?

— L'homme est une émanation de Dieu...

— Sans doute, comme tous les êtres qui

vivent, puisque Dieu seul est l'Être, l'Être absolu. Mais tu ne ressembles pas, je l'espère, aux philosophes que j'ai vus en Angleterre, en France, et aussi en Allemagne, à la cour de Frédéric. Tu ne ressembles pas à ce Loke, dont on parle tant aujourd'hui sur la foi de son vulgarisateur Voltaire; tu ne ressembles pas à M. Helvétius, avec qui je me suis souvent entretenu, ni à la Mettrie dont la hardiesse matérialiste plaisait tant à la cour de Berlin. Tu ne dis pas, comme eux, que l'homme n'a rien de particulier qui le différencie des animaux, des arbres, des pierres. Dieu, sans doute, fait vivre toute la nature, comme il fait vivre l'homme; mais il y a de l'ordre dans sa théodicée. Il y a des distinctions dans sa pensée, et par conséquent dans ses œuvres, qui sont sa pensée réalisée. Lis le grand livre qu'on appelle la *Genèse*, ce livre que le vulgaire regarde avec raison

comme sacré, sans le comprendre : tu y
verras que c'est par la lumière divine éta-
blissant la distinction des êtres que se fait
'éternelle création : *fiat lux*, et *facta est lux*.
Tu y verras aussi que chaque être ayant un
nom dans la pensée divine est une espèce :
creavit cuncta justa genus suum et *secundum
speciem suam*. Quelle est donc la formule
particulière de l'homme ?

— Je t'entends. Tu veux que je te donne
une formule de l'homme analogue à celle de
Dieu. La trinité divine doit se retrouver dans
toutes les œuvres de Dieu ; chaque œuvre
de Dieu doit refléter la nature divine, mais
d'une manière spéciale; chacune, en un mot,
suivant son espèce.

— Assurément. La formule de l'homme,
je vais te la dire. Il se passera encore longtemps avant que les philosophes, divisés aujourd'hui dans leurs manières de voir, se
réunissent pour la comprendre. Cependant

il y en a un qui l'a comprise, il y a déjà bien
des années. Celui-là est plus grand que les
autres, bien qu'il soit infiniment moins célèbre pour le vulgaire. Tandis que l'école de
Descartes se perd dans la raison pure, faisant de l'homme une machine à raisonnement, à syllogismes, un instrument de logique; tandis que Loke et son école se perdent
dans la sensation, faisant de l'homme une
sensitive ; tandis que d'autres, tels que j'en
pourrais citer en Allemagne, s'absorbent
dans le sentiment, faisant de l'homme un
égoïsme à deux, s'il s'agit de l'amour, à trois
ou quatre, ou plus encore, s'il s'agit de la
famille; lui, le plus grand de tous, a commencé à comprendre que l'homme était tout
cela en un, tout cela indivisiblement. Ce philosophe, c'est Leibnitz. Il comprenait les
grandes choses, celui-là; il ne partageait
pas l'absurde mépris que notre siècle igno-

rant fait de l'Antiquité et du Christianisme.
Il a osé dire qu'il y avait des perles dans le
fumier du Moyen-Age. Des perles ! Je le
crois bien ! la vérité est éternelle, et tous les
prophètes l'ont reçue. Je te dis donc avec
lui, et avec une affirmation plus forte que la
sienne, que l'homme est une Trinité, comme
Dieu. Et cette Trinité s'appelle, dans le langage humain : sensation, sentiment, con--
naissance. Et l'unité de ces trois choses
forme la Tétrade humaine, répondant à la
Tétrade divine. Delà sort toute l'histoire, de
là sort toute la politique ; et c'est là qu'il te
faut puiser, comme à une source toujours
vivante.

—Tu franchis des abymes que mon esprit,
moins rapide que le tien, ne saurait si vite
franchir, reprit *Spartacus*. Comment, de la
définition psychologique que tu viens de me
donner, sort-il une méthode et une régle

de certitude? Voilà ce que je te demande
d'abord.

— Cette méthode en sort aisément, reprit
Rudolstadt. La nature humaine étant con-
nue, il s'agit de la cultiver conformément à
son essence. Si tu comprenais le livre sans
rival d'où l'Evangile lui-même est dérivé, si
tu comprenais la *Genèse*, attribuée à Moïse,
et qui, si elle vient réellement de ce prophète, fut emportée par lui des temples
de Memphis, tu saurais que la *dissolution* humaine, ou ce que la *Genèse* appelle le *déluge*, n'a d'autre cause que la séparation de ces trois facultés de la nature
humaine, sorties ainsi de l'unité, et par là
sans rapport avec l'Unité divine, où l'Intelligence, l'Amour et l'Activité restent éter-
nellement associés. Tu comprendrais donc
comment tout organisateur doit imiter Noé,
le *régénérateur*, ce que l'Écriture appelle les
générations de Noé, avec l'ordre dans le-

quel elle les place, et l'harmonie qu'elle établit entre elles te servirait de guide. Tu trouverais ainsi, du même coup, dans la vérité métaphysique, une méthode de certitude pour cultiver dignement la nature humaine dans chaque homme, et une lumière pour t'éclairer sur la véritable organisation des sociétés. Mais, je te le dis encore, je ne crois pas le temps présent fait pour organiser : il y a trop à détruire. C'est donc surtout comme méthode que je te recommande de t'attacher à la doctrine. Le temps de la dissolution approche, ou plutôt, il est déjà venu. Oui, le temps est venu où les trois facultés de la nature humaine vont de nouveau se séparer, et où leur séparation donnera la mort au corps social, religieux et politique. Qu'arrivera t-il? La sensation produira ses faux prophètes, et ils préconiseront la sensation. Le sentiment produira ses faux prophètes, et ils préconiseront le sentiment. La connaissance produira ses faux prophètes, et ils préconiseront l'intelligence. Les derniers seront des orgueilleux qui ressembleront à Satan. Les seconds seront des fanatiques prêts à tomber dans le mal comme à marcher vers le bien, sans *critérium* de certitude et sans règle. Les autres seront ce qu'Homère dit que devinrent les compagnons d'Ulysse sous la baguette de Circé. Ne suis aucune de ces trois routes, qui, prises séparément, conduisent à des abymes; l'une au matérialisme, la seconde au mysticisme, la troisième à l'athéisme. Il n'y a qu'une route certaine vers la vérité : c'est celle qui répond à la nature humaine complète, à la nature humaine développée sous tous les aspects. Ne la quitte pas, cette route; et pour cela, médite sans cesse la Doctrine et sa sublime formule.

— Tu m'apprends là des choses que j'avais entrevues. Mais demain je ne t'aurai

plus. Qui me guidera dans la connaissance
théorique de la vérité, et par là dans la pratique ?

— Il te restera d'autres guides certains.
Avant tout, lis la *Genèse*, et fais effort pour
en saisir le sens. Ne la prends pas pour un
livre d'histoire, pour un monument de chro-
nologie. Il n'y a rien de si insensé que cette
opinion qui, cependant a cours partout, chez
les savants comme chez les écoliers, et dans
toutes les communions chrétiennes. Lis l'*É-
vangile*, en regard de la *Genèse*, et com-
prends-le par la *Genèse*, après l'avoir goûté
avec ton cœur. Sort étrange ! l'*Évangile*
est, comme la *Genèse*, adoré et incompris.
Voilà les grandes choses. Mais il y en a encore d'autres. Recueille pieusement ce qui
nous est resté de Pythagore. Lis aussi les
écrits conservés sous le nom du théosophe
divin dont j'ai porté le nom dans le Temple.
Ce nom vénéré de Trismégiste, ne croyez

pas, mes amis, que j'eusse osé de moi-même
le prendre : Ce furent les Invisibles qui
m'ordonnèrent de le porter. Ces écrits d'Hermès , aujourd'hui dédaignés des pédants,
qui les croient sottement une invention de
quelque chrétien du second ou du troisième
siècle, renferment l'ancienne science égyp-
tienne. Un jour viendra , où, expliqués et
mis en lumière, ils paraîtront ce qu'ils sont,
des monuments plus précieux que ceux de
Platon, car Platon a puisé là sa science, et il
faut ajouter qu'il a étrangement méconnu
et faussé la vérité dans sa *République*. Lis
donc Trismégiste et Platon, et ceux qui ont
médité après eux sur le grand mystère.
Dans ce nombre , je te recommande le
noble moine Campanella, qui souffrit d'horribles tortures pour avoir rêvé ce que tu
rêves , l'organisation humaine fondée sur la
vérité et la science.

Nous écoutions en silence.

— « Quand je vous parle de livres, continua Trismégiste, ne croyez pas que, comme
les catholiques, j'incarne idolâtriquement la
vie dans des tombeaux. Je vous dirai des
livres ce que je vous disais hier d'autres monuments du passé. Les livres, les monuments
sont des débris de la Vie dont la Vie peut et
doit se nourrir. Mais la Vie est toujours présente, et l'éternelle Trinité est mieux gravée
en nous et au front des étoiles que dans les
livres de Platon ou d'Hermès. »

Sans le vouloir, je fis tourner la conversa-
tion un peu au hasard.

— « Maître, lui dis-je, vous venez de vous
exprimer ainsi : La Trinité est mieux gravée au front des étoiles... Qu'entendez-vous
par là ? Je vois bien, comme dit la bible, la
gloire de Dieu réluire dans l'éclat des astres,
mais je ne vois pas dans les astres une preuve

de la loi générale de la vie que vous appelez Trinité.

— « C'est, me répondit-il, que les sciences physiques sont encore trop peu avancées, ou plutôt, c'est que tu ne les as pas étudiées au point où elles sont aujourd'hui. As-tu entendu parler des découvertes sur l'électricité? Sans doute, car elles ont occupé l'attention de tous les hommes instruits. Eh bien! n'as-tu pas remarqué que les savants si incrédules, si railleurs, quand il s'agit de la Trinité divine, en sont venus, à propos de ces phénomènes, à reconnaître la Trinité? car ils disent eux-mêmes qu'il n'y a pas d'électricité sans chaleur et sans lumière, et réciproquement, en un mot, ils voient là *trois en un*, ce qu'ils ne veulent pas admettre de Dieu! »

Il commença alors à nous parler de la nature et de la nécessité de rattacher tous ses phénomènes à une loi générale. « La Vie, disait-il, est une ; il n'y a qu'un acte de la Vie. Il s'agit seulement de comprendre comment tous les êtres particuliers vivent par la grâce et l'intervention de l'Être universel sans être pour cela absorbés en lui. »

J'aurais été enchanté, pour mon compte, de l'entendre développer ce grand sujet. Mais depuis quelque temps, *Spartacus* paraissait faire moins d'attention à ses paroles. Ce n'est pas qu'il n'y prît intérêt : mais la tension d'esprit du vieillard ne durerait pas toujours, et il voulait en profiter en le ramenant à son sujet favori.

Rudolstadt s'aperçut de cette sorte d'impatience.

— « Tu ne me suis plus, lui dit-il ; est-ce que la science de la Nature te paraîtrait inabordable de la façon que je l'entends ? Si c'est là ce que tu penses, tu te trompes. Je fais

autant de cas que toi des travaux actuels des
savants, tournés uniquement vers l'expéri-
mentation. Mais, en continuant dans cette
direction, on ne fera pas de la science, on ne
fera que des nomenclatures. Je ne suis pas,
au surplus, le seul à le croire. J'ai connu en
France un philosophe que j'ai beaucoup aimé,
Diderot, qui s'écriait souvent, à propos de
l'entassement des matériaux scientifiques
sans idée générale : C'est tout au plus une
œuvre de tailleur de pierres, mais je ne vois
là ni un édifice, ni un architecte. Sache donc
que tôt ou tard la Doctrine aura affaire avec
les sciences naturelles; il faudra bâtir avec
ces pierres. Et puis, crois-tu que les physi-
ciens puissent aujourd'hui véritablement
comprendre la Nature? Dépouillée par eux
du Dieu vivant qui la remplit, peuvent-ils la
sentir, la connaître? Ils prennent, par exemple, la lumière pour de la matière, le son

pour de la matière, quand c'est la lumière et le son...

— Ah! s'écria *Spartacus,* en l'interrompant, ne croyez pas que je repousse vos intuitions sur la nature. Non, je sens qu'il n'y aura de science véritable que par la connaissance de l'unité divine et de la similitude parfaite de tous les phénomènes. Mais vous nous ouvrez tous les chemins, et je tremble en pensant que bientôt vous allez vous taire. Je voudrais que vous me fissiez faire quelques pas avancés dans une de ces routes.

— Laquelle? demanda Rudolstadt.

— C'est l'avenir de l'humanité, qui m'occupe.

— J'entends : tu voudrais que je te dise mon utopie, reprit, en souriant, le vieillard.

— C'est là ce que je suis venu te demander, dit *Spartacus,* c'est ton utopie; c'est la société nouvelle que tu portes dans ton cerveau et dans tes entrailles. Nous savons que la société des Invisibles en a cherché et rêvé les bases. Tout ce travail a mûri en toi. Fais que nous en profitions. Donne-nous ta république ; nous l'essayerons, en tant qu'elle nous paraîtra réalisable, et les étincelles de ton foyer commenceront à remuer le monde.

— Enfants, vous me demandez mes rêves ? répondit le philosophe. Oui, j'essayerai de lever les coins du voile qui me dérobe si souvent à-moi-même l'avenir ! Ce sera peut-être pour la dernière fois, mais je dois le tenter encore aujourd'hui ; car j'ai la foi qu'avec vous tout ne sera pas perdu dans les songes dorés de ma poésie ! »

Alors Trismégiste entra dans une sorte de transport divin ; ses yeux rayonnaient comme des astres, et sa voix nous pliait comme l'ouragan. Pendant plus de quatre

heures il parla, et sa parole était belle et pure
comme un chant sacré. Il composa, avec
l'œuvre religieuse, politique et artistique de
tous les siècles, le plus magnifique poème qui
se puisse concevoir. Il interpréta toutes les
religions du passé, tous les mystères des
temples, des poèmes et des législations ; tous
les efforts, toutes les tendances, tous les travaux de l'Humanité antérieure. Dans les
choses qui nous avaient toujours semblé
mortes ou condamnées, il retrouva les éléments de la vie, et, des ténèbres de la fable
même, il fit jaillir les éclairs de la vérité. Il
expliqua les mythes antiques; il établit, dans
sa démonstration lucide et ingénieuse, tous
les liens, tous les points de contact des religions entre elles. Il nous montra les véritables besoins de l'Humanité plus ou moins
compris par les législateurs, plus ou moins
réalisés par les peuples. Il reconstitua à nos

yeux l'unité de la vie dans l'Humanité, et l'u-
nité de dogme dans la religion; et de tous
les matériaux épars dans le monde ancien et
nouveau, il forma les bases de son monde
futur. Enfin il fit disparaître les solutions de
continuité qui nous avaient arrêtés si longtemps dans nos études. Il combla les abymes
de l'histoire qui nous avaient tant épouvantés. Il déroula en une seule spirale infinie ces
milliers de bandelettes sacrées qui envelop-
paient la momie de la science. Et quand nous
eûmes compris avec la rapidité de l'éclair ce
qu'il nous enseignait avec la rapidité de la
foudre; quand nous eûmes saisi l'ensemble
de sa vision, et que le passé, père du présent,
se dressa devant nous comme l'homme lumineux de l'Apocalypse, il s'arrêta et nous dit
avec un sourire ; « Maintenant vous comprenez le passé et le présent; ai-je besoin de
vous faire connaître l'avenir? L'esprit saint

ne brille-t-il pas devant vos yeux? Ne voyez-
vous pas que tout ce que l'homme a rêvé et
désiré de sublime est possible et certain dans
l'avenir, par cette seule raison que la vérité
est éternelle et absolue, en dépit de la faiblesse de nos organes pour la concevoir et
la posséder? Et cependant nous la possédons
tous par l'espérance et le désir ; elle vit en
nous, elle existe de tout temps dans l'Humanité à l'état de germe qui attend la fécon-
dation suprême. Je vous le dis en vérité, nous
gravitons vers l'idéal, et cette gravitation est
infinie comme l'idéal lui-même. »

Il parla encore ; et son poème de l'avenir
fut aussi magnifique que celui du passé. Je
n'essayerai pas de vous le traduire ici : je le
gâterais, et il faut être soi-même sous le feu
de l'inspiration pour transmettre ce que l'inspiration a émis. Il me faudra peut-être deux
ou trois ans de méditation pour écrire digne-

ment ce que Trismégiste nous a dit en deux
ou trois heures. L'œuvre de la vie de So-
crate a été l'œuvre de la vie de Platon, et
celle de Jésus a été celle de dix-sept siècles.
Vous voyez que moi, malheureux et indigne,
je dois frémir à l'idée de ma tâche. Je n'y
renonce cependant pas. Le maître ne s'em-
barrasse point de cette transcription, telle
que je veux la faire. Homme d'action, il a
déjà rédigé un code qui résume, à son point
de vue, toute la doctrine de Trismégiste avec
autant de netteté et de précision que s'il l'eût
commentée et approfondie lui-même toute
sa vie. Il s'est assimilé, comme par un contact
électrique, toute l'intelligence, toute l'âme
du philosophe. Il la possède, il en est maître;
il s'en servira en homme politique : il sera la
traduction vivante et immédiate, au lieu de
la lettre tardive et morte que je médite. Et
avant que j'aie fait mon œuvre, il aura trans-

mis la Doctrine à son école. Oui, peut-être
avant deux ans, la parole étrange et mystérieuse qui vient de s'élever dans ce désert
aura jeté ses racines parmi de nombreux
adeptes ; et nous verrons ce vaste monde
souterrain des sociétés secrètes, qui s'agite
aujourd'hui dans les ténèbres, se réunir sous
une seule doctrine, recevoir une législation
nouvelle, et retrouver son action en s'initiant
à la parole de vie. Nous vous l'apportons,
ce monument tant désiré, qui confirme les
prévisions de *Spartacus*, qui sanctionne les
vérités déjà conquises par lui, et qui agrandit son horizon de toute la puissance d'une
foi inspirée. Pendant que Trismégiste parlait, et que j'écoutais, avide et tremblant de
perdre un son de cette parole, qui me faisait
l'effet d'une musique sacrée, *Spartacus*, maître de lui-même dans son exaltation, l'œil
en feu, mais la main ferme, et l'esprit plus

ouvert encore que l'oreille, traçait rapide-
ment sur ses tablettes des signes et des figures, comme si la conception métaphysique
de cette doctrine se fût présentée à lui sous
des formes de géométrie. Quand, le soir
même, il s'est reporté à ces notes bizarres,
qui ne m'offraient aucun sens, j'ai été surpris de le voir s'en servir pour écrire et
mettre en ordre, avec une incroyable précision, les déductions de la logique poétique du
philosophe. Tout s'était simplifié et résumé,
comme par magie, dans ce mystérieux alam-
bic de l'intelligence pratique de notre maître (1).

Cependant il n'était pas encore satisfait.
L'inspiration semblait abandonner Trismé-

(1) On sait que Weishaupt, éminemment organisateur,
se servait de signes matériels pour résumer son système, et qu'il envoyait à ses disciples éloignés toute sa
théorie représentée par des cercles et des lignes sur un
petit carré le papier.

giste. Ses yeux perdaient leur éclat, son
corps semblait s'affaisser, et la Zingara nous
faisait signe de ne pas l'interroger davantage. Mais, ardent à la poursuite de la vérité,
Spartacus ne l'écoutait plus, et pressait le
poète de questions impérieuses.

— Tu m'as peint le royaume de Dieu sur
la terre, lui disait-il en secouant sa main re-
froidie ; mais Jésus a dit : « Mon royaume
n'est pas *encore de ce temps-ci ;* il y a dix-
sept siècles que l'Humanité attend en vain la
réalisation de ses promesses. Je ne me suis
pas élevé à la même hauteur que toi dans la
contemplation de l'éternité. Le temps te
présente, comme à Dieu même, le spectacle
ou l'idée d'une activité permanente, dont toutes les phases répondent à toute heure à ton
sentiment exalté. Quant à moi, je vis plus
près de la terre; je compte les siècles et les
années. Je veux lire dans ma propre vie.

Dis-moi, prophète, ce que j'ai à faire dans
cette phase où tu me vois, ce que ta parole
aura produit en moi, et ce qu'elle produira
par moi dans le siècle qui s'élève. Je ne veux
pas y avoir passé en vain.

— Que t'importe ce que j'en puis savoir ?
répondit le poète ; nul ne vit en vain ; rien
n'est perdu. Aucun de nous n'est inutile.
Laisse-moi détourner mes regards de ce dé-
tail qui attriste le cœur et rétrécit l'esprit.
La fatigue m'accable d'y avoir songé un instant.

— Révélateur, tu n'as pas le droit de céder
à cet accablement, reprenait *Spartacus* avec
énergie, en s'efforçant de communiquer le
feu de son regard au regard vague et déjà
rêveur du poète. Si tu détournes ta vue du
spectacle des misères humaines, tu n'es pas
l'homme véritable, l'homme complet dont un
ancien a dit : *Homo sum et nihil humani a me*

alienum puto. Non, tu n'aimes pas les hommes, tu n'es pas leur frère, si tu ne t'intéresses
pas aux maux qu'ils souffrent à chaque heure
de l'éternité, et si tu n'en cherches pas le remède à la hâte dans l'application de ton idéal.
O malheureux artiste! qui ne sent pas une
fièvre dévorante le consumer dans cette recherche terrible et délicieuse!

— Que me demandes tu donc? reprit le
poète ému et presque irrité à son tour. As-tu
donc l'orgueil d'être le seul ouvrier, et penses-tu que je m'attribue l'honneur d'être le
seul inspirateur? Je ne suis point un devin;
je méprise les faux prophètes, je me suis assez longtemps débattu contre eux. Mes pré-
dictions, à moi, sont des raisonnements; mes
visions sont des perceptions élevées à leur
plus haute puissance. Le poète est autre chose
que le sorcier. Il rêve à coup sûr, tandis que
l'autre invente au hasard. Je crois à ton ac-

tion, parce que je sens le contact de la puissance; je crois à la sublimité de mes songes,
parce que je me sens capable de les produire,
et que l'Humanité est assez grande, assez
généreuse, pour réaliser au centuple et en
masse ce qu'un de ses membres a pu concevoir isolé.

— Eh bien, reprit *Spartacus*, ce sont les
destinées de cette Humanité que je te demande au nom de l'Humanité qui s'agite
aussi dans mes entrailles, et que je porte en
moi avec plus d'anxiété et peut-être d'amour
que toi-même. Un rêve enchanteur te voile
ses souffrances, et moi je les touche en fré-
missant à chaque heure de ma vie. J'ai soif
de les apaiser, et, comme un médecin au
chevet d'un ami expirant, je la tuerais par
imprudence plutôt de la laisser mourir sans
secours. Tu le vois, je suis un homme dangereux, un monstre peut-être, si tu ne fais de

moi un saint. Tremble pour l'agonisante, si tu ne mets le remède aux mains de l'enthousiaste! L'Humanité rêve, chante et prie en toi. En moi elle souffre, crie et se lamente. Tu m'as ouvert ton avenir, mais ton avenir est loin, quoique tu en dises, et il me faudra bien des sueurs pour extraire quelques gouttes de ton dictame sur des blessures qui saignent. Des générations languissent et passent sans lumière et sans action, Moi, l'Humanité souffrante incarnée; moi, le cri de détresse et la volonté du salut, je veux savoir si mon action sera funeste ou bienfaisante. Tu n'as pas tellement détourné tes yeux du mal que tu ne saches qu'il existe. Où faut-il courir d'abord? Que faut-il faire demain? Est-ce par la douceur, est-ce par la violence qu'il faut combattre les ennemis du bien? Rappelle-toi tes chers Taborites; ils voyaient une mer de sang et de larmes à franchir avant d'entrer

dans le paradis terrestre. Je ne te prends
pas pour un devin; mais je vois en toi une
logique puissante, une clarté magnifique à
travers les symboles; si tu peux prédire à
coup sûr l'avenir le plus éloigné, tu peux plus
sûrement encore percer l'horizon voilé qui
borne l'essor de ma vue. »

Le poëte paraissait en proie à une vive
souffrance. La sueur coulait de son front. Il
regardait *Spartacus* tour à tour avec effroi
et avec enthousiasme : une lutte terrible l'op-
pressait. Sa femme, épouvantée, l'entourait
de ses bras, et adressait de muets reproches
à notre maître par des regards où se pei-
gnaient cependant une crainte respectueuse.
Jamais je n'ai mieux senti la puissance de
Spartacus que dans cet instant où il dominait
de toute sa volonté fanatique de droiture et
de vérité les tortures de ce prophète aux prises avec l'inspiration, la douleur de cette

femme suppliante, l'effroi de leurs enfants,
et les reproches de son propre cœur. J'étais
tremblant moi même, je le trouvais cruel. Je
craignais de voir cette belle âme du poète se
briser dans un dernier effort, et les larmes
qui brillaient aux cils noirs de la Consuelo
tombaient amères et brûlantes sur mon cœur.
Tout à coup Trismégiste se leva, et, repous-
sant à la fois *Spartacus* et la Zingara, faisant
signe aux enfants de s'éloigner, il nous parut
comme transfiguré. Son regard semblait lire
dans un livre invisible, vaste comme le monde,
écrit en traits de lumière à la voûte du ciel.

Il s'écria :

— « Ne suis-je pas *l'homme ?*... Pourquoi
ne dirais-je pas ce que la nature humaine appelle et par conséquent réalisera ?... Oui, je
suis *l'homme :* donc, je puis dire ce que veut
l'homme, et ce qu'il causera. Celui qui voit le
nuage s'amonceler peut prédire la foudre et

l'ouragan. Moi, je sais ce que j'ai dans mon
âme et ce qui en sortira. Je suis *l'homme*, et
je suis en rapport avec *l'humanité* de mon
temps. J'ai vu l'Europe, et je sais les orages
qui grondent dans son sein... Amis, nos rêves
ne sont pas des rêves : j'en jure par la nature
humaine! Ces rêves ne sont des rêves que
par rapport à la forme actuelle du monde.
Mais qui a l'initiative, de l'Esprit ou de la
Matière? L'Évangile dit : *L'Esprit souffle où
il veut.* L'Esprit soufflera, et changera la face
du monde. Il est dit dans la Genèse que l'Esprit soufflait sur les eaux quand tout était
chaos et ténèbres. Or la création est éternelle. Créons donc, c'est à-dire obéissons au
souffle de l'Esprit. Je vois les ténèbres et le
chaos! pourquoi resterions-nous ténèbres?
Veni, creator Spiritus ! »

Il s'interrompit, et reprit ainsi :

— « Est-ce Louis XV qui peut lutter contre toi, *Spartacus?*., Frédéric, le disciple de Voltaire, n'est pas si puissant que son maître... Et si je comparais Marie-Thérèse à ma Consuelo... Mais quel blasphême! »

Il s'interrompit encore :

— « Allons, Zdenko! toi, mon fils, toi le descendant des Podiébrad, et qui portes le nom d'un esclave, prépare-toi à nous soutenir. Tu es l'homme nouveau : quel parti prendras-tu? Seras-tu avec ton père et ta mère, où avec les tyrans du monde? En toi est la force, génération nouvelle : confirmeras-tu l'esclavage ou la liberté? Fils de Consuelo, fils de la Bohémienne, filleul de l'esclave, j'espère que tu seras avec la Bohémienne et l'esclave. Sans cela, moi, né des rois, je te renie. »

Il ajouta :

— « Celui qui oserait dire que l'essence divine, qui est Beauté, Bonté, Puissance, ne se réalisera pas sur la terre, celui-là est Satan. »

Il ajouta encore :

— « Celui qui oserait dire que l'essence humaine, créée à l'image de Dieu, comme dit la Bible, et qui est Sensation, Sentiment, Connaissance, ne se réalisera pas sur la terre, celui-là est Caïn. »

Il resta quelque temps muet, et reprit ainsi ;

— « Ta forte volonté, *Spartacus*, a fait l'effet d'une conjuration... Que ces rois sont faibles sur leur trône !... Ils se croient puissants, parce que tout plie devant eux... Ils ne voient pas ce qui menace... Ah! vous avez renversé les nobles et leurs hommes d'armes, les évêques et leur clergé ; et vous vous croyez bien forts !... Mais ce que vous avez renversé était votre force ; ce ne sont pas vos maîtresses, vos courtisans, ni vos abbés, qui vous défendront, pauvres monar-

ques, vains fantômes..... Cours en France,
Spartacus ! la France bientôt va détruire...
Elle a besoin de toi... Cours, te dis je, hâte-
toi, si tu veux prendre part à l'œuvre... C'est
la France qui est la prédestinée des nations.
Joins-toi, mon fils, aux aînés de l'espèce humaine..... J'entends retentir sur la France
cette voie d'Isaïe : « Lève-toi, sois illuminée;
« car ta lumière est venue, et la gloire de
« l'Éternel est descendue sur toi ; et les na-
« tions marcheront à ta lumière. » Les Taborites chantaient cela du Tabor : aujour-
d'hui le Tabor, c'est la France ! »

Il se tut quelque temps. Sa physionomie
avait pris l'expression du bonheur.

« Je suis heureux, s'écria-t-il; gloire à
Dieu!... Gloire à Dieu dans le ciel, comme
dit l'Évangile, et paix sur la terre aux hommes de bonne volonté !... Ce sont les anges,
qui chantent cela; je me sens comme les anges,

et je chanterais avec eux……. Qu'est-il donc
arrivé?… Je suis toujours au milieu de vous,
mes amis, je suis toujours avec toi, ô mon
Ève, ô ma Consuelo! voilà mes enfants, les
âmes de mon âme. Mais nous ne sommes
plus dans les monts de la Bohême, sur les débris du château de mes pères. Il me semble
que je respire la lumière, et que je jouis de
l'éternité…. Qui donc d'entre vous disait tout
à l'heure : O! que la Vie est belle, que la Nature est belle, que l'Humanité est belle!
Mais il ajoutait : Les tyrans ont gâté tout
cela…… Des tyrans! il n'y en a plus. L'homme
est égal à l'homme. La nature humaine est
comprise, reconnue, sanctifiée. L'homme
est libre, égal, et frère. Il n'y a plus d'autre
définition de l'homme. Plus de maîtres, plus
d'esclaves…. Entendez-vous ce cri : *Vive la
république!* Entendez-vous cette foule in-
nombrable qui proclame la *liberté*, la *frater-*

nité, l'*égalité*... Ah! c'était la formule qui, dans nos mystères, était prononcée à voix basse, et que les adeptes des hauts grades se communiquaient seuls les uns aux autres. Il n'y a donc plus lieu au secret. Les sacrements sont pour tout le monde. La coupe à tout le monde! comme disaient nos pères les Hussites. »

Mais tout à coup, hélas! il se prit à pleurer à chaudes larmes :

— « Je savais bien que la doctrine n'était pas assez avancée!... Pas assez d'hommes la portaient dans leur cœur, ou la comprenaient dans leur esprit!...

— « Quelle horreur! continua-t-il. La guerre partout! et quelle guerre! »

Il pleura longtemps. Nous ne savions quelles visions se pressaient devant ses yeux. Il nous sembla qu'il revoyait la guerre des Hussites. Toutes ses facultés paraissaient troublées ; son âme était comme celle du Christ sur le Calvaire.

Je souffrais beaucoup, en le voyant tant souffrir ; *Spartacus* était ferme comme un homme qui consulte les oracles.

— « Seigneur ! Seigneur ! s'écria le prophète après avoir longtemps pleuré et gémi, ayez pitié de nous. Nous sommes dans votre main ; faites de nous ce que vous voudrez. »

En prononçant ces dernières paroles, Trismégiste étendit ses mains pour chercher celles de sa femme et de son fils, comme s'il eût été instantanément privé de la vue. Les petites filles vinrent se presser tout effrayées sur son cœur, et ils restèrent tous enlacés dans le plus profond silence. Les traits de la Zingara exprimaient la terreur, et le jeune Zdenko interrogeait avec effroi les regards de sa mère. *Spartacus* ne les voyait pas. La vision du poète se peignait-elle encore de-

vant ses yeux? Enfin, il se rapprocha du
groupe, et la Zingara lui fit signe de ne pas
réveiller son mari. Il avait les yeux ouverts
et fixes devant lui, soit qu'il dormît à la manière des somnambules, soit qu'il vît s'effa-
cer lentement à l'horizon les rêves qui l'a-
vaient agité. Au bout d'un quart-d'heure, il
respira fortement, ses yeux s'animèrent, et
il rapprocha de son sein sa femme et son fils,
qu'il y tint longtemps embrassés.

Puis il se leva, et fit signe qu'il désirait
se remettre en route.

« Le soleil est bien chaud pour toi à cette
heure, lui dit la Consuelo; ne préfères-tu
pas faire la sieste sous ces arbres ?

— Ce soleil est bon, répondit-il avec un
sourire ingénu, et si tu ne le crains pas plus
que de coutume, il me fera grand bien. »
Chacun reprit son fardeau, le père le sac de
voyage, le jeune homme, les instruments de

musique, et la mère les mains de ses deux filles.

« Vous m'avez fait souffrir, dit-elle à Spartacus ; mais je sais qu'il faut souffrir pour la vérité.

— Ne craignez-vous pas que cette crise n'ait des suites fâcheuses? lui demandai-je avec émotion. Laissez-moi vous suivre encore, je puis vous être utile.

— Soyez béni de votre charité, reprit-elle, mais ne nous suivez pas. Je ne crains rien pour *lui*, qu'un peu de mélancolie, durant quelques heures. Mais il y avait dans ce lieu-ci un danger, un souvenir affreux, dont vous l'avez préservé en l'occupant d'autres pensées. Il avait voulu y venir, et, grâce à vous, il n'a pas même reconnu l'endroit. Je vous bénis donc de toutes façons, et vous souhaite l'occasion et les moyens de servir

Dieu de toute votre volonté et de toute votre
puissance. »

Je retins les enfants pour les caresser et
pour prolonger les instants qui s'envolaient;
mais leur mère me les reprit, et je me sentis
comme abandonné de tous, quand elle me
dit adieu pour la dernière fois.

Trismégiste ne nous fit point d'adieux : il
semblait qu'il nous eût oubliés. Sa femme
nous conjura de ne pas le distraire. Il descendit la colline d'un pied ferme. Son visage
était calme, et il aidait, avec une sorte de
gaieté heureuse, sa fille aînée à sauter les
buissons et les rochers.

Le beau Zdenko marchait derrière lui avec
sa mère et sa plus jeune sœur. Nous les sui-
vîmes longtemps des yeux sur le chemin *sa-
blé d'or*, le chemin *sans maître* de la forêt.
Enfin, ils se perdirent derrière les sapins ; et

au moment où elle allait disparaître la dernière, nous vîmes la Zingara enlever sa petite Wenceslawa et la placer sur son épaule robuste. Puis elle se hâta de rejoindre sa chère caravane, alerte comme une vraie fille de Bohême, poétique comme la bonne déesse de la pauvreté. . . . .

. . . .

Et nous aussi, nous sommes en route, nous marchons! La vie est un voyage qui a la vie pour but, et non la mort, comme on le dit dans un sens matériel et grossier. Nous avons consolé de notre mieux les habitants du hameau, et nous avons laissé le vieux Zdenko attendant *son lendemain :* Nous avons rejoint nos frères à Pilseň, où je vous ai écrit ce récit, et nous allons repartir pour d'autres recherches. Et vous aussi, ami! tenez-vous prêt au voyage sans repos, à l'action sans défaillance : nous allons au triomphe ou au martyre (1) !

(1) Martinowicz, à qui cette lettre était adressée, savant distingué et illuminé enthousiaste, eut la tête tranchée à Buda en 1795, avec plusieurs seigneurs hongrois, ses complices dans la conspiration.

PROCOPE LE GRAND.

> « Ils troublent et confondent tous les droits
> « humains, en disant qu'*il ne faut point obéir*
> « *aux rois, que tous les biens doivent être com-*
> « *muns, et que tous les hommes sont égaux.* »
>
> (*Lettre du pape Martin V au roi de Pologne.*)

Nous avons promis à nos lecteurs, en terminant l'abrégé de l'histoire de Jean Ziska (1), un récit succinct de la vie de Procope, son élève dans l'art de la guerre, et son successeur dans le commandement de l'armée Ta-

(1) Voyez Consuelo, tome VIII.

borite. On lit peu aujourd'hui l'histoire des
sectes qui ont précédé la Réforme de Luther.
Nous croyons pourtant cette étude fort cu-
rieuse, fort utile et intimement liée à la so-
lution des problêmes qui agitent les peuples
d'aujourd'hui. Nous nous promettons de
l'approfondir et de la développer ailleurs.
L'esquisse rapide que nous allons tracer ne
doit être considérée que comme un fragment
d'une œuvre plus complète.

Ziska, Procope, sont deux soldats glorieux
d'une cause glorieuse. Il faudrait expliquer
Ziska et Procope par les doctrines qu'ils ont
soutenues de leur épée, et pour lesquelles ils
moururent. Comprendrait-on nos guerres de
la Révolution, si on n'avait aucune lumière
sur les principes de cette Révolution? Ne faut-
il pas Voltaire et Rousseau pour expliquer la
Convention, Danton et Robespierre? Les figures de Jean Huss, de Jérôme de Prague, de

Wicklef, devraient donc précéder celles de
Ziska et de Procope. Mais les réformateurs
du quinzième siècle avaient eu leurs devan-
ciers au treizième et au quatorzième. D'ailleurs toute cette cause se rattachait à l'Evangile, au Christ. Voilà donc en première ligne
le Christ et l'Evangile; là est la lumière qui
devrait éclairer le sujet tout entier. On le
voit, nous sentons bien du moins, l'immense
difficulté d'une pareille tâche; et on nous
pardonnera si, dans cette biographie comme
dans la précédente, il s'agit plus des événements que de leur cause, plus d'histoire pro-
prement dite que de théologie. Nous res-
serrons notre point de vue, pour pouvoir le
remplir et pour être utile.

Avant de commencer, pourtant, nous prie-
rons le lecteur de remarquer notre épigraphe; car, à défaut de mieux, elle explique,
quant à présent, ce que nous avons tenté

déjà de faire reconnaître et toucher au doigt
dans l'histoire de Ziska . Voici , dans son entier, le fragment authentique où nous avons
puisé cette épigraphe. C'est un passage d'une
lettre écrite par le pape Martin V au roi de
Pologne, en 1430, pour l'engager à se joindre
à la croisade contre les hérétiques de Bohême. Ce prince lithuanien (Wladislas IV), très
récemment converti à la foi chrétienne, n'é-
tait probablement pas très rompu aux subtilités théologiques. Aussi , le pape, jugeant à
propos de lui parler clair et de ne pas équi-
voquer sur les mots , afin qu'il comprît l'im-
portance de son alliance avec le Saint-Siége
et l'Empire, s'exprimait en ces termes : «Ce
« n'est pas seulement l'altération de la reli-
« gion qui doit animer contre *eux* un roi ca-
« tholique : *la prudence le veut aussi.* Par *les*
« *dogmes de ces gens-là,* toute police est ren-
« versée; l'autorité des rois est foulée aux

« pieds; ils troublent et confondent tous les
« droits humains, en disant qu'il ne faut
« obéir à aucune puissance, *pas même aux*
« *rois*, que *tous les biens doivent être com-*
« *muns*, et que TOUS LES HOMMES SONT ÉGAUX! »

Voilà donc la dispute théologique qui a
paru si embrouillée, si ridicule et si méprisa-
ble aux écoles philosophiques du siècle dernier, résumée, jugée et condamnée par le
pape, en deux mots. Qu'on ne dise donc plus
que les hommes du passé se sont émus et ont
lutté pour de vaines subtilités. Jean Huss et
Jérôme de Prague ne sont pas les victimes
volontaires d'un fol orgueil de rhéteurs,
comme les écrivains orthodoxes ont osé le
dire : ils sont les martyrs de la Liberté, de la
Fraternité et de l'Egalité.

Oui, nos pères, qui eux ausssi avaient cette devise, portaient la sainte doctrine éternelle dans leur sein; et la guerre des Hussi-

tes est, non-seulement dans ses détails, mais dans son essence, très-semblable à la Révolution française. Oui, comme nous l'avons déjà dit bien des fois, ce cri de révolte : LA COUPE AU PEUPLE ! était un grand et impérissable symbole. Oui, les saintes hérésies du moyen-âge malgré tout le sang qu'elles ont fait couler, comme notre glorieuse Révolution malgré tout le sang qu'elle à versé, sont les hautes révélations de l'Esprit de Dieu, répandues sur tout un peuple. Il faut avoir le courage de le dire et de le proclamer. Ce sang fatalement sacrifié, ces excès, ces délires, ces vertiges, ces crimes d'une *nécessité* mal comprise, tout ce *mal* qui vient ternir la gloire de ces révolutions et en souiller les triomphes, ce mal n'est point dans leur principe : c'est un effet déplorable d'une cause à jamais sacrée.

Mais d'où vient-il ce mal dont on accuse

sans distinction et ceux qui le provoquent et ceux qui le rendent ? Il vient de la lutte obstinée, des hostilités, des provocations iniques des ennemis de la Lumière et de la Vérité divine. Plus profondément, sans doute, il vient de l'épouvantable antagonisme des deux principes, le bien, et le mal. C'est peut-être ainsi que l'entendaient, dans leur origine, ces religions qui admettaient une lutte formidable entre le bon et le mauvais Esprit. Moins diaboliques que le Christianisme perverti, elles annonçaient la conversion et la réhabilitation de l'Esprit du mal ; elles le réconciliaient, à la fin des siècles, avec le Dieu bon ; elles prophétisaient peut-être ainsi sans le savoir la reconciliation de l'Humanité universelle, le triomphe miséricordieux de l'Egalité, la conversion et la réhabilitation des individus aujourd'hui rois, princes, pontifes, riches et nobles, esclaves de Satan, avec les

peuples émancipés. Et si nous ne croyons pas
un peu nous-mêmes à ce miracle de l'éternelle sagesse, de quel côté se tourneront nos
espérances ? Retournerons-nous aux fureurs
du Taborisme, à la Jacquerie, aux persécutions, à l'holocauste effroyable de toute une
caste, à la guillotine, qu'au lendemain de la
Révolution, nous aurions dû briser pour ne
là relever jamais, même pour les plus grands
criminels? Non. Ces fureurs, quelque légitimes qu'elles aient pu sembler, dans les siècles d'ignorance et dans les jours de désespoir, n'ont point profité à nos pères. L'Église
de Rome a long-temps expié les supplices des
hérétiques. Les hérétiques, à leur tour, ont
expié de farouches représailles. Et nous, qui
avons frappé par le glaive, nous sommes gouvernés par le glaive !

Nous n'étions pas mûrs pour faire régner
une vérité sans tache: on ne nous juge pas di-

gnes d'être gouvernés par la vérité. On nous
enferme dans des murailles, on nous entoure
de canons et de forteresses. Nous n'avons
donc pas vaincu ! Et dire que tous les hommes sont égaux , que tous les biens doivent
être communs à tous, en ce sens qu'ils doivent profiter à la COMMUNION universelle , et
par cette COMMUNION, à chacun *individuelle-*
ment, est encore une hérésie condamnable et
punissable , au nom du pape et du roi. La
doctrine de l'Eglise, comme la doctrine du
trône, est encore ce qu'elle était au temps de
Martin V et de Sigismond ; et il y a encore
des croisades toutes prêtes à se former contre
nous, quand nous voudrons donner la *coupe*
à tout le monde. Hâtons donc le triomphe de
la Vérité, et *faisons avancer la loi de Dieu*
par les moyens conformes à la lumière de notre siècle et au respect de l'Humanité, tel
qu'il nous est enfin accordé de la comprendre

et de la connaître, après tant de siècles d'erreur et de misère. Admirons, dans le passé, la foi de nos pères les hérétiques, jointe à tant d'audace et de force ; mais enseignons à nos fils, avec la foi, le courage et la force, la douceur et la mansuétude.

La mission pacifique du Christ a porté de plus beaux fruits et transformé le monde plus profondément que les missions sanguinaires entreprises depuis en son nom. Les grands guerriers, les nobles champions de l'hérésie ont laissé des œuvres incomplètes, parce qu'ils ont versé le sang. L'Eglise est tombée au dernier rang dans l'esprit des peuples, parce qu'elle a versé le sang. L'Eglise n'est plus représentée que par des processions et des cathédrales, comme la royauté n'est plus représentée que par des citadelles et par des soldats. Mais l'Evangile, la doctrine de l'Egalité et de la Fraternité, est toujours et plus que jamais vivante dans l'âme du peuple. Et voyez le crucifié, il est toujours debout au sommet de nos édifices, il est toujours le drapeau de l'Eglise !

Il est là sur son gibet, ce Galiléen, cet esclave, ce lépreux, ce paria, cette misère, cette pauvreté, cette faiblesse, cette protestation incarnées ! Il est là-haut, non pas comme ils le disent, dans les cieux inaccessibles, mais sur la terre, et comme planant au-dessus d'elle, au sommet des temples, et sur la coupole des hauts lieux réservés à la prière et à la méditation. Sa prophétie s'est accomplie : il est remonté dans le Ciel, parce qu'il est rentré dans l'Idéal. Et de l'Idéal il redescendra pour se manifester sur la terre, pour apparaître dans le réel. Et voilà pourquoi, depuis dix-huit siècles, il plane adoré sur nos têtes.

Etrange vicissitude de ta longue royauté,

ô Christ ! ô le plus petit, le plus pauvre, le
plus humble, le plus méprisé et le plus méconnu des enfants du peuple ! La tyrannie
des papes, la tyrannie des empereurs et des
rois, celle de la noblesse, celle de l'hypo-
crisie, toutes les tyrannies ont conservé ton
symbole, comme une protestation invincible
des petits et des pauvres contre l'orgueil et la
dureté des puissants et des riches. On traîne
à l'échafaud un misérable que la brutalité de
l'ignorance et le désespoir furieux de la misère ont poussé au crime ; les lois religieuses
et civiles le condamnent, la foule le contem-
ple sans émotion, les gendarmes le lient, et
le bourreau s'en empare. Un prêtre l'accom-
pagne à l'échafaud, et lui présente un em-
blême. C'est une croix, c'est la figure d'un
gibet ! La société tue ce misérable, qu'elle a
abandonné au mal, et qu'elle ne sait ni ne veut

convertir. Et si une voix puissante comme
celle du Christ s'élevait dans la foule pour
crier que cet homme est moins coupable que
la société, et que, par conséquent, la société
n'a pas le droit de l'immoler; si le peuple,
ému de cette parole, se soulevait; s'il ren-
versait l'échafaud, s'il repoussait la soldatesque, s'il courait vers la demeure du souverain pour lui demander la grâce des
criminels et les moyens d'empêcher de nouveaux crimes, du pain et de l'instruction pour
tous, au nom de l'Égalité, au nom de l'É-
vangile, au nom du Christ..... la soldatesque
reviendrait plus nombreuse et mieux armée,
elle disperserait l'émeute, elle saisirait ceux
qui ne voudraient pas fuir, elle les remettrait
à des geôliers; et ils comparaîtraient devant
des juges, et ils seraient accusés comme ré-
volutionnaires, comme criminels de lèse-

société. Et s'ils voulaient plaider leur cause,
l'Évangile à la main, ils seraient condamnés
à la prison, à l'exil, à la mort peut-être. Et
là, sur l'échafaud, un prêtre viendrait encore
leur montrer le gibet, l'instrument du supplice de cet homme divin qui crut à l'Égalité,
et qui fut condamné et immolé pour n'avoir
pas ménagé les puissances de son temps,
pour n'avoir pas redouté Caïphe et Pilate. O
société inique et absurde ! où est donc ta
force, puisque toi-même tu courbes le front
et plies le genou devant l'image du représen-
tant et du révélateur de cette Doctrine que
tu condamnes ! O Révélation de l'Égalité !
quelle n'est donc pas ta puissance, puisque tu
triomphes encore dans ton symbole, puisque
tu protestes toujours contre le mensonge qui
se pare de ton nom, puisque tu es toujours
parmi nous sous la figure d'une croix rayon-

nante, pour proclamer au monde que ton règne, après deux mille ans, ne fait encore que de commencer !

Procope était, comme Ziska, un gentil-homme Bohême de médiocre fortune. Elevé et adopté par un oncle qui le destinait à l'état ecclésiastique, il voyaga en France, en Italie, en Espagne, et jusque dans la Terre-Sainte. A son retour, rasé et ordonné prêtre malgré lui, il quitta bientôt la soutane pour l'épée, et s'élança sous les étendarts de Ziska. On l'a déja vu se distinguer en Moravie contre les Autrichiens et Jean, *l'évêque de fer*. A la mort du *redoutable aveugle*, il fut élu chef des Taborites. Ziska, comme nous l'avons vu dans le précédent récit, mourut en 1424, désignant lui-même pour son successeur Procope, surnommé *Rase*, ou *le Rasé*, à cause de la circonstance que nous venons de men-

tionner. Quand au surnom de *Grand*, peut-
être ne fut-il donné d'abord à Procope qu'à
cause de sa taille et pour le distinguer d'un
autre Procope, surnommé le *Petit*, un des
chefs des Orphelins. Toutefois l'historien
Jacques Lenfant, qui a étudié et résumé les
chroniques relatives à cette époque, affirme
positivement que ce furent ses exploits mi-
litaires qui lui firent donner le nom de
Grand.

Procope commença sa nouvelle carrière
par une course en Autriche et par la prise de
plusieurs places, entre autres celle de Hra-
ditz, qui était extrêmement forte, et où le
combat fut acharné. La ville fut brûlée, et les
habitants massacrés Dans le même temps
les Hussites firent une *course* dans la Misnie,
avec quatre mille lances, c'est-à-dire seize à
vingt mille hommes, et prirent une autre
place forte avec la même fureur et les mêmes

scènes de carnage. Harcelés de tous côtés,
anathématisés par le concile de Sienne et
menacés d'une nouvelle croisade, les Bohémiens obéissaient à la nécessité de poursuivre le terrible système de Ziska.

Martin V fit jouer tous les ressorts de la
politique pour réunir tous les rois, tous les
princes et tous les évêques de l'Allemagne et
des pays Slaves *du nom chrétien*, contre les
Hussites, pour extirper *l'infâme hérésie*, et
pour *exterminer* tous les héritiques. Il auto-
risa les princes de l'Église à lever des impôts
extraordinaires pour les frais de la guerre
sainte. Il écrivit à Sigismond qu'il devait, en
cette circonstance, justifier sa qualité d'empereur, c'est-à-dire *celle de défenseur de l'É-
glise, que cette dignité lui impose.* Enfin, il
exhorta tous les souverains à oublier leurs
propres querelles, et à se réconcilier pour

l'amour de Dieu et pour l'extinction de l'hérésie.

A ces menaces, les Bohémiens répondirent « qu'on les attaquait contre tout droit
« divin et humain ; qu'on les diffamait sans
« preuve, et sans avoir voulu les entendre ;
« qu'on ne pouvait, avec vérité, leur re-
« procher de croire à autre chose qu'à la
« parole de Dieu, et aux symboles de Nicée,
« de Constantinople, d'Éphèse, et de Chal-
« cédoine ; qu'ils étaient résolus de défen-
« dre cette foi, au péril de leurs biens et de
« leurs vies ; qu'il n'y avait rien de plus con-
« traire à l'esprit du Christianisme que de
« vouloir les exterminer au gré du pape et
« de l'empereur. Enfin, que si on les atta-
« quait encore, appuyés qu'ils se croyaient
« du secours de Dieu, ils repousseraient la
« force par la force, et que tout le monde,

« femmes et enfants, ils feraient une résis-
« tance qui serait admirable à tout l'uni-
« vers. »

Les Bohémiens tinrent leur promesse, et
cette résistance qu'ils annonçaient fut admirable en effet. Mais ils devaient être vaincus
un jour par la ruse des souverains, par leur
propre lassitude, et surtout par leurs divi-
sions de croyances et d'intérêts.

On n'a pas oublié que plusieurs sectes s'a-
gitaient dans le sein du Hussitisme. Les armées de Ziska n'étaient pas, comme celles
de tous les souverains de cette époque, des
troupes d'aventuriers mercenaires ayant
pour unique but le pillage, et ne connaissant
en campagne ni amis ni ennemis. Ces armées
étaient de véritables sectes religieuses, qui
considéraient la violence et la cruauté comme des devoirs sacrés, et le pillage comme

l'unique moyen de pourvoir aux frais de la guerre nationale. S'il y avait du fanatisme et de la férocité dans cette doctrine militaire, il y avait du moins un sentiment élevé de la mission du guerrier chrétien. Dans ces époques de lutte ardente, les hommes ne peuvent être grands que par la révolte et par la guerre. Jeanne d'Arc elle-même, cette figure angélique qui eût pu se placer à coté de celle de Marie dans la divine épopée de Jésus, apparaît au moyen-âge sous la cuirasse et sous le casque, comme l'archange Michel, et c'est l'épée à la main qu'elle accomplit sa prédication sublime (1).

(1) Puisque le nom de Jeanne d'Arc se rencontre ici à propos des Hussites, je rappellerai un fait intéressant et fort peu connu. Il existe quelques lignes écrites par Jeanne, où elle se montre émue et fort courroucée de l'hérésie de Bohême. Je voulais citer ses paroles textuellement. Un de mes amis, qui s'est donné de la peine à ce sujet, m'écrit : « J'ai vraiment du malheur pour cette in-

Mais si les sectes de Tabor étaient grandes et austères, il s'en fallait de beaucoup qu'elles fussent toutes suffisamment éclairées pour

« trouvable lettre : on n'a jamais pu me la découvrir à
« la *Bibliothèque*, quoique j'en eusse l'indication exacte.
« Je suis réduit à rappeler mes souvenirs sur le sens des
« quelques lignes écrites par Jeanne. Elle annonce aux
« Hussites qu'*après avoir chassé les Anglais du royaume*
« *de France, elle ira les guerroyer, s'ils ne se réunissent*
« *à la Sainte Mère Église.* La lettre est du 3 mars 1430;
« elle a été publiée par le baron de Hormayr, dans l'*An-*
« *nuaire Historique* de Munich (1834). Je suis désolé
« de l'inutilité de mes recherches. Il est étrange qu'à la
« Bibliothèque Nationale, qui devrait être un dépôt, non
« pas seulement européen, mais universel, on ne puisse
« se procurer les publications historiques de l'Alle-
« magne. »

Ainsi Jeanne voulait *guerroyer* les Hussites, *s'ils ne se réunissaient à la Sainte Mère Église!* L'église Catholique avait brûlé Jean et Jérôme, et Jeanne l'inspirée tenait pour cette Église! Et bientôt cette même Église fit brûler Jeanne elle-même comme hérétique et comme sorcière!

Quelle conclusion le scepticisme prétendrait-il tirer de là? Jean et Jérôme, les *brûlés* de Constance, étaient divinement inspirés; Jeanne, la *brûlée* de Rouen, l'était aussi. Et il est beau que Jeanne, qui ne pouvait connaître les faits qui se passaient en Bohême, ait tenu pour la

demeurer d'accord. Elles étaient parties en
apparence de Wicklef et de Jean Huss, mais
quelques-unes de leurs doctrines remon-
taient jusqu'à Pierre Valdo et à Bérenger.
Nous avons vu Ziska, en grand général et en
politique habile, pactiser tantôt avec les
Calixtins, tantôt avec les Catholiques, poursuivre les *Picards* ou prétendus tels, et ensuite les tolérer ou se faire tolérer par eux.
L'espèce de scission qui s'opéra dans son armée, au lendemain de sa mort, montre bien
la différence des opinions qu'il avait réussi
à tenir unies pour l'action, grâce au prestige

Sainte Mère Église, c'est-à-dire pour la *communion universelle du genre humain*. Elle ne se trompait pas dans
son sentiment; elle se trompait seulement en ayant la
bonne foi de prendre l'Église Catholique, épiscopale ou
papale, pour ce qu'elle se donnait. Qui ne sent dans son
cœur que si Jeanne eût vu le jour en Bohême, elle aurait
été une de ces intrépides femmes du Tabor qui mouraient
pour leur foi en Dieu et en l'Humanité?

de sa gloire et à l'ascendant de sa parole concise, énergique et vaillante. Mais on ne doit pas oublier qu'il se souciait plus de la guerre que de la foi, et qu'il se sentit, vers la fin, dépassé dans le mal apparent par l'ardeur sauvage de ses troupes, dans le bien réel par l'enthousiasme religieux qui les animait.

Il était mort, laissant la paix jurée, grâce à son habileté et aussi à sa clémence, entre toutes les branches du Hussitisme. Cette union ne pouvait durer. Les Orphelins, les Orébites, et les Taborites, en se constituant en trois corps et en se choisissant des chefs différents, avaient semblé prévoir qu'ils ne marcheraient pas d'accord, s'ils ne se séparaient dans le repos pour se retrouver sur la brèche et s'entr'aider à l'heure du péril. Procope-le-Grand sentit qu'il fallait per-

mettre cette division, et que sa mission était
de cimenter au moins une alliance durable
entre toutes ces forces de la résistance nationale. Il y travailla toute sa vie ; mais,
plus religieux et peut-être plus sincère que
Ziska, il n'abjura jamais sa croyance per-
sonnelle, et resta franc *Picard* envers et
contre tous. Ce fut sa gloire et la cause de sa
perte.

Il eut bientôt à continuer l'œuvre de Ziska
dans le maintien d'une alliance plus difficile
encore. Je veux parler de l'espèce de paix
qui, en présence de l'ennemi commun, soit
le pape, soit l'empereur, ou les princes sou-
levés par eux, réunissait les différentes sectes
exaltées du Hussitisme au *juste-milieu* nobi-
liaire et bourgeois du temps. Les Orphelins
ne tardèrent pas à rompre l'union avec *ceux
de Prague*, c'est-à-dire avec les Calixtins.

Fidèles au principe de *faire avancer la loi de Dieu*, et obéissant à la nécessité de constituer et de formuler leurs doctrines, tous les Hussites étaient d'accord sur un point admirable, mais dangereux dans la circonstance ; c'était d'employer en discussions sur les matières de foi, en assemblées de docteurs et en synodes généraux ou particuliers, tout le temps qui n'était pas employé à la défense du pays et aux travaux de la guerre. Pendant que le concile de Sienne mettait à prix le sang de la Bohême, on débattait en Bohême les plus hautes questions théologiques. Ce peuple qu'on traitait de barbare, de sanguinaire, d'impie et de débauché, offrait aux yeux du monde étonné le spectacle d'une Église nouvelle qui cherchait à réformer l'ancienne plus radicalement que les conciles œcuméniques, et qui, au milieu des ruines, et sous le feu de vingt puissances ennemies,

s'efforçait de formuler et d'organiser les bases et la législation de la véritable religion
évangélique. Le pape écrivait à l'empereur
qu'il ne concevait pas qu'il ne pût venir à
bout d'une hérésie réfugiée dans un *petit
coin du monde.* Ce petit coin était plus grand
alors que le monde tout entier; et la vaste
Réforme de Luther était là en germe, avec
bien d'autres Réformes encore que l'Humanité accomplira sans aucun doute, et peut-
être sans violence, dans un avenir plus ou
moins prochain.

Il arriva donc que les docteurs *Orphelins,*
maître Jean Przibram, et maître Pierre de
Mladowitz, ami de Jean Huss, se trouvèrent
en dissidence sur les matières de foi avec le
savant Wickléfite Pierre Payne, dit l'*Anglais,*
et maître Jean de Rockisane, celui qui avait
conclu la paix entre les Praguois et Ziska, et
qui devait jouer encore un grand et fâ-

cheux rôle dans cette révolution. On verra
ailleurs quel était le fond de la dispute, et
combien, sous ses formes ardues et mysté-
rieuses en apparence, elle devait intéresser
la religion et la politique de la nation. Les
docteurs Orphelins furent mis en prison, puis
élargis à la sollicitation de Rockisane ; et la
décision de l'assemblée fut que Payne et
Przibram, chacun de leur côté, ne parleraient
de l'Eucharistie que dans les termes de l'É-
criture et des Pères : conclusion fort vague,
car la discusion roulait sur ces textes mêmes
et sur l'interprétation qu'on devait leur donner. On essaya de calmer les esprits par une
mesure de haute tolérance, en défendant aux
deux docteurs de se traiter mutuellement
d'hérétiques, non plus que Jean Wicklef,
Jean Huss, et Jacobel. Mais si les Calixtins de
Prague prenaient prudemment leur parti
dans ces sortes de conflits dangereux, les

Orphelins n'étaient pas d'humeur à transi-
ger avec leurs doctrines ardentes et leur
enthousiasme révolutionnaire. Leurs docteurs quittèrent Prague fort irrités, avec
ceux des Praguois qui partageaient leurs sentiments, et ils allèrent trouver l'armée *Or-*
pheline dans son campement de charriots, ces
villes ambulantes dont ils ne sortaient même
pas pour se battre, ayant frappé d'interdit
toutes les cités habitées par les autres hommes, on ne nous dit pas en vertu de quel
préjugé fanatique ou de quelle protestation
austère.

Aussitôt les Orphelins se mettent en campagne, ayant à leur tête Welichs et Procope-
le-Petit, vaillant homme de guerre. Ils li-
vrent de terribles assauts à la ville praguoise
de Litomils, *avec tant de furie, qu'on eût dit*
des démons sortis de l'enfer. La ville est emportée, ravagée, et arrosée de sang après

une vigoureuse résistance. Plusieurs autres villes éprouvèrent le même sort. Ensuite s'étant réunis à ceux des villes de Launi et de Zatec, ils allèrent se joindre à leurs frères les Taborites, qui étaient aux prises devant une ville autrichienne avec l'archiduc Albert. La ville fut prise et brûlée, mais le combat n'en fut que plus acharné avec les Autrichiens. Les Taborites y perdirent leurs charriots, et cependant ils en sortirent vainqueurs; après quoi, étant rentrés en Bohême malgré le grand froid (décembre 1425), ils allèrent tous ensemble tenter un coup de main sur Prague. Mais les Praguois agirent avec Procope-le-Grand comme ils avaient fait avec Ziska; ils lui confièrent le salut de la patrie; et Procope, apaisant les fureurs de son armée, conclut une *paix éternelle* entre toutes les sectes ennemies. De là, il alla avec les siens prendre ses quartiers

d'hiver à Klattau ; mais il n'y fut pas longtemps oisif. Dès le printemps, et tandis que
les princes allemands rassemblaient leurs
forces pour une attaque décisive, il alla aux
frontières de la Misnie châtier deux généraux de l'électeur de Saxe, qui exerçaient
d'horribles cruautés sur les Bohémiens dans
ces parages. Il reprit plusieurs places, puis
courut au secours des Praguois, qui venaient
d'éprouver un échec considérable devant
Aussig.

Enfin, au mois de juin 1426, arriva une
armée allemande de 100,000 hommes, commandée par plusieurs princes de l'Empire et
burgraves considérables. Les Hussites, ayant
à leur tête un Podiebrad (1), un seigneur de

(1) Boczko Podiebradski. Ce seigneur de Podiebrad
était Hussite, et prit vaillamment parti contre l'armée
Allemande. Mais il eut bientôt après à se défendre contre
les Taborites. Il avait fait des prisonniers sur eux, et ne
voulait pas les rendre. Ils allèrent attaquer sa citadelle

Waldstein et Procope le Grand, se retranchèrent, pour attendre le combat, dans une enceinte de cinq cents charriots liés ensemble de doubles chaînes. Les Allemands passèrent tout un jour de chaleur excessive à briser ces chaînes avec des haches à deux tranchants dont on les avait munis à cet effet pour la première fois. Les Bohémiens, à couvert derrière leurs grands boucliers fichés en terre, les laissèrent s'épuiser à ce travail; et dès que la cavalerie se présenta, ils la renversèrent avec leurs machines de

de Podiebrad, défendue par une forte garnison. Ils y perdirent 800 hommes dès le premier assaut. On rapporte qu'il n'y avait pas de seigneur en Bohême qui fût pourvu d'une meilleure artillerie et de plus habiles bombardiers. Les Taborites se réfugièrent dans une ville voisine. Podiebrad, à son tour, alla les assiéger. Mais ayant attaqué la place avec trop de confiance, il y fut tué. Nous mentionnons ces faits, parce que c'est de cette maison que sortit le roi George, qui gouverna la Bohême, trente ans plus tard. Il était neveu de ce Boczko de Podiebrad.

guerre. Leurs fantassins étaient en outre armés d'une lance crochue de nouvelle invention, avec laquelle ils désarçonnaient les cavaliers. Le combat fut acharné, et les Hussites y perdirent 3,000 hommes, perte considérable vu leur petit nombre; mais 50,000
Allemands périrent, dit-on, en Bohême, dans
cette bataille et dans les diverses escarmou-
ches qui harcelèrent leur fuite. La fleur de
leur noblesse y demeura et fut ensevelie à
Tœplitz sous des poiriers sauvages, qui, selon la tradition, ne portèrent jamais plus de
fruit depuis ce temps-là. La même nuit qui
vit cette déroute immense des Allemands,
ceux des Taborites qui étaient restés occupés au siége d'Aussig emportèrent la place,
la brûlèrent et n'y laissèrent pas un être vivant.

Après la bataille, l'armée Hussite, qui

semblait ne pas connaître le repos et se fortifier dans les fatigues et les combats, fit encore d'autres exploits, et enleva d'autres places aux Catholiques. En général, les assiégés se
défendaient en désespérés, sachant bien que
les Taborites ne faisaient pas quartier aux
vaincus. Mais, par exception, la ville de Mise
se rendit à dix hommes commandés par un
chef Taborite appelé Przibik Klenowky, et
surnommé *le héros invincible.* En réponse aux
reproches de couardise de leurs voisins de
Pilsen, *Ce chef,* dirent ceux de Mise, *avait une
si longue épée, qu'elle pouvait atteindre d'une
porte à l'autre.*

Pendant que les Taborites étaient occupés
dans l'intérieur du pays, on ravageait leurs
frontières. L'archiduc d'Autriche assiégeait
une place de Moravie dans laquelle Procope
avait mis garnison; mais en apprenant l'ap-

proche du *rasé*, il s'en retira précipitamment, et Procope lui prit d'autres forteresses. Une seule fut opiniâtrement défendue par une jeune fille dont le père venait de mourir en lui confiant la garde de sa forteresse, jusqu'à l'arrivée d'un secours qu'on attendait des Catholiques. Le secours n'arriva point, les Taborites le détruisirent en chemin; mais l'héroïne résista quinze jours encore aux menaces et aux promesses de Procope. Lorsqu'elle vit tous ses murs démantelés, elle accepta une capitulation honorable, et se retira avec une partie des siens, sous l'escorte d'un des capitaines assiégeants, abandonnant toutefois les vivres et les munitions de guerre.

Les Allemands étaient encore une fois vaincus; la discorde malheureusement reparut bientôt en Bohême.

On se rappelle Koribut, ce parent du roi
de Pologne dont les Calixtins de Prague et
les Catholiques de la Bohême avaient voulu
faire un roi avant la mort de Ziska. Wladislas le leur avait envoyé dans un moment de
dépit contre l'empereur. Puis, s'étant réconcilié avec ce dernier, il l'avait rappelé. Mais
Koribut, soit qu'il eût pris sincèrement parti
pour cette nation héroïque, soit qu'il n'eût
pas renoncé à l'espoir de régner, était rentré
en Bohême avec quelques troupes; et après
avoir communié sous les deux espèces *avec
son monde*, il faisait la guerre aux Allemands
comme chef bohémien. Il accompagna les
deux Procope dans une expédition qu'ils firent en Autriche, et d'où, après avoir ravagé
le pays jusqu'aux bords du Danube, après
avoir promené le fer et la flamme dans l'Autriche, la Hongrie, la Lusace et la Silésie, les
Taborites et les Orphelins rapportèrent tant

de butin que la Bohême se trouva un instant
riche et l'armée pourvue de tout. Le bétail
enlevé sur les terres ennemies était si considérable, qu'on achetait à cette époque en
Bohême quinze bœufs pour deux écus.

Mais Koribut était tombé dans la disgrâce
de ces Calixtins qui l'avaient appelé quelques
années auparavant contre le gré des Taborites. On ne sait pas bien les causes véritables
de cette inconstance, mais on peut présumer
que Koribut, qui était un rude soldat fort aimé
désormais des Taborites, avait plutôt abandonné que repris ses projets de royauté, et
que les Calixtins lui en faisaient un crime et
une honte. S'il en est ainsi, leur conduite à
son égard fut hypocritement odieuse. Ils l'accusèrent d'avoir négocié sa réconciliation
avec Martin V, et de vouloir trahir la Bohême pour s'en faire le souverain catholique
et absolu. En conséquence, ils publièrent que

ses mœurs brutales et ses intrigues crimi-
nelles avec Rome le rendaient incapable et
indigne de gouverner; et l'ayant affublé par
dérision d'un capuchon de moine, ils l'enfer-
mèrent dans un couvent et ensuite dans la
grande tour du château de Prague. Ce coup
d'Etat souleva une grande indignation parmi
les seigneurs catholiques qui voulaient qu'on
respectât le sang royal, et qui regardaient
peut-être la monarchie tempérée de Koribut
comme un contre-poids bientôt nécessaire au
despotisme du juste-milieu Calixtin. Cette
guerre de religion était aussi une guerre de
castes. L'opinion calixtine réunissait le plus
grand nombre de *gentilshommes*, caste qui
occupait entre les *seigneurs* et le peuple une
place analogue à celle de la bourgeoisie dans
nos dernières révolutions. Cette opinion eut
ses savants et ses martyrs, ses doctrinaires
et ses girondins; mais en général elle n'eut

pas le plus beau rôle dans toute cette guerre ;
elle fit avorter tous les grands desseins de
Ziska ; elle ne sut pas profiter de ses exploits.
Brave et sanguinaire aussi quand elle défen-
dait ses intérêts, elle devenait pusillanime,
ingrate et rusée dès qu'elle les voyait menacés.

Ces rigueurs envers Koribut irritèrent
aussi les Taborites et les Orphelins, qui l'a-
vaient vu combattre hardiment avec eux
contre les ennemis du pays et s'exposer,
pour la cause bohémienne, à la disgrâce de
son parent le roi de Pologne, aux anathèmes
du pape et aux fureurs de l'Autriche. On vit
alors une de ces monstrueuses alliances qui
s'opèrent dans les grandes crises politiques
entre deux minorités désespérées. L'extrême
gauche et l'extrême droite de la nation, les
Catholiques et les taborites de Prague se li-
guèrent pour délivrer Koribut et s'emparer

de la métropole. Un coup de main fut tenté
pendant la nuit, et jeta l'alarme dans la ville.
La paix éternelle jurée par Procope n'avait
pas duré plus que l'apparition des Allemands
en Bohème. Mais Procope fut étranger à
cette conspiration ; et, d'ailleurs, les Calixtins avaient violé le pacte les premiers en
violant le droit des gens dans la personne de
Koribut, sans consulter la nation. Les bourgeois de Prague tendirent les chaînes des
rues et repoussèrent l'attaque avec fureur ;
plusieurs seigneurs catholiques y périrent.
Un d'entre eux, Hincko de Waldstein, le
même qui commandait avec Procope dans la
grande bataille contre les Allemands, fut assassiné et pendu au gibet par un scélérat
qu'il avait récemment sauvé de la corde. Les
Orphelins et les Taborites de Prague furent
si horriblement massacrés, qu'il ne s'en
sauva pas vingt. Le parti calixtin préludait,

par ces actes de rigueur et de haine, à la grande hécatombe de jacobins et de montagnards qu'elle devait bientôt offrir à l'Allemagne pour rentrer en grâce auprès d'elle.

Le lendemain, tandis qu'on procédait à l'exécution des citoyens soupçonnés d'avoir pris part à la conspiration, on força Koribut à signer son abdication, et on le renvoya secrètement sous bonne escorte jusqu'aux frontières de la Pologne.

Cependant la conduite ultérieure de ce prince nous démontre la sincérité de ses intentions. Il appela auprès de lui les principaux d'entre les Orphelins et les Taborites, et alla trouver le roi de Pologne, non pour rentrer en grâce avec lui et le Saint-Siége, mais pour lui demander hardiment secours et protection pour les libertés de la Bohême. Wladislas, qui ne se souciait plus de s'attaquer à l'empereur et au pape, affecta un

grand zèle pour la religion, et traita Koribut
et ses adhérents comme des impies et des insensés. Tout ce qu'ils obtinrent de lui, ce fut
de nouvelles promesses de les recommander
à la miséricorde de Dieu et du Saint-Siége,
s'ils voulaient se convertir. Koribut ne fléchit
point, et s'emporta même jusqu'à menacer
en termes peu diplomatiques le roi, les évêques, les églises de Pologne et jusqu'à saint
Stanislas, patron du royaume, de la fureur
des Taborites. Après cette sortie non équivoque, il fut forcé de quitter la Pologne, où
l'*interdit* et les menaces le poursuivaient de
ville en ville, et il rentra en Bohème avec ses
jacobins pour se joindre à l'armée taborite.
Etrange destinée d'un prince qui était venu
chercher le pouvoir au milieu de cette révolution, qui avait combattu le peuple pour
s'emparer de la couronne, et qui maintenant
se jetait dans les bras de ce même peuple,

calomnié et persécuté par ses premiers par-
tisans, pour avoir passé à la république.

La guerre civile recommença donc avec
fureur entre les modérés et les enthousiastes.
Taborites, Orébites et Orphelins reprirent
plusieurs villes sur le juste-milieu, ravagèrent tout le district de Pilsen, et marchèrent
sur Prague pour l'assiéger de nouveau. Mais
la publication d'une nouvelle *croisade de
Martin V* et l'approche d'une nouvelle armée
allemande engagèrent comme de coutume,
les Praguois à demander la paix. Ils le firent,
cette fois, par l'intermédiaire du prêtre taborite Coranda. Comme de coutume, les Taborites laissèrent apaiser leur ressentiment,
et, en sauvant encore une fois la patrie, ils
augmentèrent ce trésor d'ingratitude qu'on
amassait contre eux.

Au mois de juin 1427, l'armée allemande
vint mettre le siège devant Mise. Elle n'était

composée cette fois que de 80,000 hommes.
Pour vaincre une armée de 18 à 20,000 Bohémiens, c'était peu ; mais le pape comptait
sur l'énergie , l'habileté et le zèle du cardinal de Winchester son légat , qui avait levé
lui-même les troupes en Angleterre, en Saxe,
Franconie, Thuringe, Bavière, Carinthie, etc.
L'électeur de Brandebourg commandait un
des corps d'armée , et le cardinal , en personne , dirigeait le plus considérable. Sigismond ni aucun membre de sa famille ne se
joignirent à cette seconde croisade; ils
avaient agi de même à l'égard de la précédente. D'une part , l'empereur n'était pas
fort bien réconcilié avec le Saint-Siége; de
l'autre , il ne voulait plus se compromettre
en personne contre ses futurs sujets. En
avançant en âge, l'empereur, qui s'était
imaginé d'abord ne rencontrer qu'une poignée
de mutins , et n'avoir qu'à montrer sa belle

personne, son épaisse barbe blonde et ses
longs cheveux bouclés, ceints de la couronne
de Charlemagne, pour faire tomber à genoux les *porte-fléaux* et les *cordonniers* de
la Bohême, avait fait bien des réflexions
et profité de ses rudes désastres. Il comprenait enfin que l'intrigue et la désunion pouvaient seules corrompre ou paralyser ces
fiers courages. Les prêtres taborites, peu
touchés de sa beauté, l'avaient surnommé le
Cheval roux de l'Apocalypse, comme ils appelaient le pape simoniaque l'*Antechrist*.
L'Antechrist, en homme médiocre, se flattait
toujours de réduire l'hérésie par la force des
armes, et d'inaugurer les bûchers de l'inqui-
sition sous les tilleuls de la Bohême. Mais le
Cheval roux, meilleur politique, disait, sans
s'émouvoir au récit des exploits de son peuple révolté : *Les Bohémiens ne seront vaincus
que par les Bohémiens*. Amère et froide sen-

tence, triste parole prophétique! Il se tenait
donc désormais à l'écart, et laissait faire;
sachant bien que son jour viendrait, et qu'a-
vec de la ruse il ferait oublier ce que ses
commencements avaient eu d'impopulaire et
d'odieux; même il affectait de blâmer les
croisades du pape et les ravages des gens de
guerre, qui lui gâtaient et lui ruinaient à
plaisir sa pauvre, sa chère Bohême.

Dèsque ceux de Prague eurent avis de l'arrivée des Allemands, ils envoyèrent en toute
hâte demander secours à Procope le Grand et
à toute sa bande de héros. Soit qu'en effet la
marche des Taborites vers l'ennemi les con-
traignit de traverser Prague, soit que ces fiè-
res cohortes voulussent tirer une vengeance
courtoise de leurs adversaires réconciliés, ils
demandèrent le passage à travers la ville. On
le leur accorda en tremblant, et en les conju-
rant de ne pas s'arrêter et de passer en bon

ordre, sans commettre aucun acte de vengeance. Ils le promirent, et défilèrent lentement avec leurs charriots. Procope vint le dernier avec sa cavalerie et les charriots d'élite.
On avait en lui une telle confiance, qu'on le
retint et le logea dans la ville avec son
monde durant quelques jours. Plusieurs seigneurs Catholiques, des grands de Bohême
et de Moravie, se joignirent même à lui pour
combattre l'ennemi commun. Ils eussent été
moins hardis et moins patriotes s'il se fût agi,
comme du temps de Ziska, d'aller à la rencontre de Sigismond. Mais cette armée de
mercenaires, commandée par un légat, re-
présentait à leurs yeux un ennemi moins redoutable, un maître moins légitime, le pape.
L'Europe, la Germanie surtout, tendait à se
séculariser, à s'affranchir du joug de Rome,
ouvertement ou indirectement.

Ce récit est monotone à force de présenter

durant quatorze ans, les mêmes circonstances merveilleuses. C'est la sixième fois, et non
la dernière, que la vieille société germanique vient battre de toutes ses forces ces murailles vivantes qui défendent *la coupe*, le
mystérieux symbole des libertés de la Bohême; et cette fois encore ce *petit coin du monde*, si méprisé par le pape, sera la grande
nation qui repoussera toutes les nations
étrangères. Bien des siècles auparavant,
les moines poètes de l'ancienne chevalerie
avaient rêvé les légendes du *saint Graal*, la
coupe eucharistique que les preux devaient
chercher au fond des déserts, à travers tous
les dangers, et voir une fois dans leur vie
pour conquérir la gloire dans l'éternité.
Mais au temps de la guerre des Hussites,
l'esprit chevaleresque n'était plus dans les
castes féodales. Le saint Graal était bien en

Bohême, les Taborites en étaient bien les
Templistes jaloux, les austères défenseurs ;
mais les chevaliers de l'ancien monde ne savaient même plus vaincre les mécréants. Les
Turcs menaçaient la Chrétienté , et la
Chrétienté ne songeait qu'à lutter mollement
contre une hérésie sortie de son sein. Il est
vrai que la Chrétienté officielle , c'était la
vieille société des castes, prête à se dissoudre, et que l'hérésie, la nouvelle Jérusalem,
le nouveau saint Graal, c'était le Peuple, son
esprit, son symbole, son avenir et ses destinées.

Cette sixième déroute des Allemands est
plus fabuleuse que les précédentes. Les historiens l'ont comparée à celle de Crassus
chez les Parthes, de Vexoris et de Darius chez
les Scythes, et de Xercès chez les Grecs. Les
Bohémiens n'eurent qu'à se montrer inopiné-
ment sur la rive opposée de la rivière de

Mise, où était établi le camp des Allemands occupés au siége de la ville. Une terreur panique s'empara de ceux-ci, et tout prit la fuite à leur seul aspect sans coup férir, entraînant les chefs indignés et furieux, l'électeur de Brandebourg, celui de Trèves, et le cardinal de Winchester lui même, qui faisait de vains efforts pour ranimer leur courage. Un immense butin abandonné fut la proie du vainqueur. Il n'y eut si petit serviteur de la cause qui n'en tirât sa bonne part. *De l'aveu de plusieurs gentilshommes Catholiques dont les familles sont à présent fort distinguées*, dit l'historien dont nous suivons le récit (1), *ce fut là le commencement de leur fortune. Les fuyards crurent s'être mis à couvert en gagnant la forêt de Tausch. Les vainqueurs les battirent en queue, et les paysans en assommè-*

(1) Jacques Lenfant. *Histoire de la guerre des Hussites et du concile de Bâle.*

rent un bon nombre ; les Bohémiens n'y perdirent que peu de gens. Quand on sut cette
bonne nouvelle à Prague, on y chanta un **Te**
Deum en grande solennité. Cependant l'armée
victorieuse assiégea et prit après seize
jours de siège, Tausch, ou s'était retiré le reste des fuyards. On y passa tout au fil de l'é-
pée. D'après ces récits, il ne serait rien
échappé de cette armée de 80,000 hommes.

« Nous avons appris avec une sensible
« douleur la *fuite honteuse des fidèles* qui
« étaient allés en Bohême, » écrivit le pape
au légat consterné ; « mais il faut se roidir
« avec plus de courage que jamais contre la
« disgrace. Prenez des mesures pour lever
« cet opprobre de dessus l'Eglise. »

Peu de temps après, le pape écrivait à
ceux de Pilsen et de Carlstein (ou la religion Catholique prévalait) : « Nous avons ap-

« pris par les lettres de notre cher fils Jean,
« cardinal-prêtre de Saint-Cyriaque (c'est
« *l'évêque de fer*), que vous avez fait trève
« avec les perfides et détestables hérétiques,
« et qu'à Noël prochain il se trouvera des
« gens de part et d'autre pour entrer en con-
« férence sur la foi et sur l'écriture sainte à
« l'occasion de leurs erreurs. Nous ne doutons
« point que vous l'ayez fait de bonne foi et à
« bonne intention ; mais il faut se conduire
« avec beaucoup de précaution à l'égard de
« ces serpents rusés et imbus du vénin de Sa-
« tan. Ce qu'ils en font n'est pas dans le des-
« sein de se convertir, mais de vous perver-
« tir par leurs sophismes et fourberies. Ils
« ont la peau de l'agneau, mais ils ont les
« dents du loup. C'est pourquoi nous vous
« prions, sans pourtant vous rien enjoindre,
« que *vous évitiez un pas si glissant*, *de peur*
« *que vous ne tombiez*. Evitez une telle en-

« treyue et des *disputes qui ne peuvent abou-*
« *tir qu'à la destruction de vos âmes.* La foi
« Catholique est bien assez appuyée et con-
« firmée par le sang des martyrs ; elle a été
« d'ailleurs éclaircie par tant de conciles, par
« tant de decrets des saints papes et d'écrits
« des saints docteurs, qu'il *serait superflu*
« *d'en disputer davantage.* Il est bien plus sa-
« lutaire de s'en tenir à ce qu'ils en ont déci-
« dé. Fuyez donc, encore une fois, cette con-
« férence où *vous ne pouvez rien gagner et*
« *pouvez beaucoup perdre.* »

Ainsi toute la foi, toute la force de l'E-
glise Catholique en était réduite à ce point,
que le pape suppliait les fidèles de ne point
disputer, pour n'être pas vaincus ! Voilà l'extrémité où une poignée de plébéiens inspirés
avaient amené la religion officielle ! Et ce
n'est pas la crainte de leurs armes qui fait
reculer le pape dans ce duel de l'esprit avec

les Hussites; car il poursuit son plan d'exter-
mination, et promet les secours de la force
matérielle aux croyants, faute de pouvoir leur
fournir les armes de l'intelligence, les forces
vives de la doctrine ! « Soyez assurés , leur
« dit-il, en terminant sa lettre, que nous vous
« assisterons d'une telle manière , que l'or-
« gueil des méchants sera brisé, et que non-
« seulement vous pourrez résister à leurs
« efforts, mais encore devenir victorieux. »

Martin V en écrivit aussi à Jean de Fer ,
qui s'efforça d'empêcher la conférence, en
faisant valoir ouvertement les mêmes raisons
Il publia un mandement dans son diocèse.
de Moravie pour ordonner de croire « le pur-
« gatoire, la vénération des reliques, le culte
« des images, les indulgences et les ordres ;
« et pour défendre, sous peine d'excommu-
« nication, de lire les livres de Jean Huss,
« de Wicklef et de Jacobel, qui ont été tra-

« duits en Bohémien, de chanter les chansons
« défendues comme étant *ineptes* , scanda-
« leuses et séditieuses , et surtout celles qui
« ont été faites contre le concile de Constan-
« ce, à la louange de Jean Huss et de Jérô-
« me de Prague. » L'archiduc , de son côté,
menaça de peines sévères ceux de ses sujets
qui chanteraient lesdites chansons dans les
places, dans les tavernes, et jusque dans les
maisons particulières. Nous regrettons bien
de n'avoir pas quelques-unes de ces chansons ineptes, pour savoir à quoi nous en tenir sur le goût littéraire du cardinal et de
l'archiduc.

La conférence eut lieu, malgré toutes les
prières et les défenses de l'Eglise. Un historien Catholique, qui déclare qu'elle n'abou-
tit qu'à une division plus profonde dans les
esprits, semble confesser pourtant que plusieurs Moraves s'y rendirent , et qu'ils y fu-

rent convertis au Hussitisme, car il prend soin de dire que ce furent de *pauvres gens*, de ceux, *par conséquent,* qui se vendent *au plus offrant.* Il assure qu'aucun grand de Moravie ne daigna s'y rendre, d'où il s'ensuit apparemment que la foi Catholique fut sauvée en cette occurrence. De quel poids pourrait être, en effet, la conversion des *pauvres gens?* Les députés de Pilsen ne furent sans doute pas bien féroces, car ils obtinrent une nouvelle trêve.

Procope, après avoir séjourné quelque temps à Prague, *pour y pacifier toutes choses autant qu'il put,* alla assiéger Kolin, avec ceux de Prague. Mais la défense fut si vigoureuse, qu'il fallut appeler les Taborites et les Orphelins. Ils finirent par s'en rendre maîtres, mais non sans beaucoup de pertes et de revers. Procope y fut blessé d'une balle de plomb.

Au commencement de l'an 1428 , il y eut
en Bohême une nouvelle conférence pour pacifier les *dèmêlés de religion*, et formuler les
dogmes Hussitiques. Tout cet enfantement
d'une nouvelle Eglise était laborieux et ne
devait aboutir qu'à une immense élaboration
de matériaux pour l'avenir. Les Orphelins ,
les Taborites, et les Calixtins , formaient à
cette époque trois partis bien tranchés. On
connaît et on apprécie les dissentiments des
deux dernières sectes , mais on ne sait pas
quelles idées séparaient les Taborites des
Orphelins. La partie la plus importante de
cette révolution est encore enveloppée de
nuages, les historiens s'étant beaucoup plus
occupés des effets que des causes. A la guerre, ils nous montrent constamment les Orphelins entreprenant les choses les plus témérai-
res, et sans doute avec moins de science et de
tactique que les Taborites ; car ils échouent

souvent, éprouvent des pertes terribles, et
sont même raillés par les Taborites, qui, les
voyant écrasés par leur faute au siège de
Kolin, leur demandent *s'ils ont eu une bonne
Saint-Martin*. Mais, en toute rencontre, ces
mêmes Taborites volent à leur secours, et
achèvent glorieusement ce qu'ils ont auda-
cieusement commencé. Les Orphelins jouent
là le rôle que les troupes régulières de Marie-Thérèse laissaient aux Pandoures de la
Croatie, dans les guerres contre Frédéric le
Grand. Ce sont eux qui tentent les coups les
plus insensés, qui se jettent dans l'eau, dans
le feu, dans la glace, et qui, par leur fanatique mépris de la vie, rendent possible ce
que la raison eût repoussé. Il est vrai, que
sans Procope et sa cohorte invincible, à la
fois prudente et acharnée, ces enthousiastes
eussent été martyrs plus souvent que vainqueurs. Expliquera-t-on leurs querelles en

temps de paix par la différence de leurs tem-
péraments et de leur conduite en temps de
guerre? Ce serait expliquer le fait par le fait,
et il est évident pour nous que cette fureur
aveugle qui les poussait à sacrifier leurs vies,
sans égard pour les dangers formidables qu'ils
attiraient sur le reste de l'armée, était le résultat de quelque croyance particulière, peut-
être celle de la résurrection immédiate dans
de nouveaux corps, qui avait été prêchée
à couvert durant les dernières années de
Ziska.

Quoiqu'il en soit, la conférence de Béraune
(1) remua chaudement la question du dogme
de la transubstantiation, et celle du libre
arbitre, de la justification et de la prédestina-
tion. On ne nous dit pas quelle part y eurent
les uns ou les autres. On nous montre Pro-

(1) Ville royale de Bohême sur la Mise, dans le district
de Podwester.

cope soutenant, sans défaillance et sans va-
riation, la croyance des Picards Taborites,
qu'on pourrait appeler aussi croyances Bé-
rengariennes. Comme, depuis le commencement de la révolution, ces doctrines s'étaient
puissamment élaborées dans les fortes intelli-
gences des prêtres Taborites, Coranda, Jacobel, Biscupec et autres, et qu'ils firent encore
des progrès dans la suite, nous les explique-
rons en leur lieu, et nous suivrons rapide-
ment les événements de la guerre.

Les Orphelins attaquant toujours, et les
Taborites accourant toujours pour les sauver,
l'armée révolutionnaire fit des expéditions
formidables en Silésie et en Moravie. Douze
villes furent brûlées, et le pays ravagé. La
terreur fut portée jusqu'à Breslau. Après
Neissa, Bruna fut assiégée, et Procope y soutint un de ces terribles combats où l'enga-
geait trop souvent la confiance fanatique des

Orphelins. De là il retourna porter la désolation et l'épouvante jusqu'aux portes de Vienne. Mais, à son retour, il trouva une de ses
meilleures places enlevée et rasée par la
garnison allemande de Bechin. Il assiégea
cette dernière place, et y éprouva une grande
douleur. Jaroslas, son intime ami, et l'unique frère de Ziska, fut tué à ses côtés. Enfin
il enleva Bechin, et y mit garnison. Tabor,
qui était située dans le voisinage, avait couru de grands dangers durant cette campagne.
De leur côté, après un long siége et de grandes pertes, les Orphelins prirent Lichtem-
berg, et pénétrant dans le district de Glatz, y
mirent tout à feu et à sang. Ils y soutinrent
une bataille dans laquelle ils eussent succombé, sans l'arrivée du grand Procope, qui
avait hérité de Ziska le don de porter toujours des coups décisifs. Mais, en somme, ces
campagnes en Silésie et en Moravie furent

presque aussi désastreuses qu'avantageuses aux Hussites. Ces races Slaves, aux prises les unes contre les autres, ne pouvaient s'étreindre mollement. Ce n'étaient pas là les timides croisés de Martin V, ces mercenaires Allemands, qui fuyaient à la seule vue du bouclier Hussitique. La famille Slave eût conquis le monde à cette époque, si elle eût été unie par une même foi. Le temps de Hun niade et de Scandenberg approchait. Quelle croisade contre les Turcs, si Procope et Ziska l'eussent commencée !

Sigismond profita de l'hiver qui ramenait et concentrait en Bohême tous les partis, pour envoyer une ambassade et proposer la paix. Procope reçut une députation à Tabor, et se flatta de négocier une réconciliation honorable. Il obtint un sauf-conduit, et alla trouver l'empereur en Autriche. Mais Sigismond ne voulut point se départir de son au-

torité, et Procope n'était pas homme à tran-
siger avec la foi et l'honneur de sa patrie. Il
revint irrité de l'obstination et de la folie de
l'empereur.

Cependant les deux villes de Prague (la
vieille Prague et la nouvelle) *exerçant de
mortelles inimitiés* l'une contre l'autre, Procope jugea bientôt qu'il devait faire tous ses
efforts pour procurer la paix. Il proposa de
recevoir Sigismond, à condition que lui et
tous ses Hongrois voulussent suivre l'écriture
sainte, communier sous les deux espèces, et
*accorder aux Bohémiens toutes les grâces
qu'ils lui demanderaient.* Procope n'était pas
l'homme des concessions, et ses bonnes intentions ne pouvaient combler un abîme.
On accusait les Orphelins et les Taborites
de rejeter tous les accommodements, pour
perpétuer une guerre de rapines qui ne

profitait qu'à eux. Ces accusations étaient
amères au noble cœur de Procope. Il envoya faire de nouvelles offres à l'empereur,
et ce dernier assembla une diète à Presbourg, où Procope se rendit à la tête de la
députation des grands de Bohème et des seigneurs de Prague. Mais la timide politique
des Calixtins voulait déborder la fière et
loyale contenance du rasé. Pendant les conférences de la diète, les états de Prague
s'assemblèrent, et résolurent d'envoyer à
l'empereur des propositions qui sans doute
n'eussent pas été du goût de Procope ; car
les Orphelins et une partie des Taborites
s'opposèrent à cette résolution, et proclamèrent avec une sainte fureur *qu'un peuple libre n'avait pas besoin d'un roi.* Les hostilités
entre les partis des deux villes de Prague
recommencèrent. Les négociations furent
rompues, et Procope, averti sans doute de

l'espèce de trahison qui tendait à le compromettre, revint à Prague sans rien con-
clure avec l'empereur. Il rétablit la paix
dans la capitale, et se joignant aux Orphelins
avec son armée, il résolut, pendant que les
Orébites iraient *fourrager* le district de Glatz,
de faire irruption dans la Misnie. Il harangua
ses soldats en les appelant, comme faisait
Ziska, *ses très chers frères*, et les ayant en-
flammés de l'ardeur qui le remplissait, il passa l'Elbe et alla s'emparer de la vieille ville de
Dresde. Repoussé par une surprise nocturne,
les Bohémiens allèrent le long de l'Elbe,
brûlant en chemin les pressoirs, dégâtant les
vignes et pillant les villages. Ils entrèrent
dans Meissen, et emprisonnèrent l'évêque
Jean Hoffmann, qui avait voté la mort de
Jean Huss à Constance. *Ils remplirent de*
terre les puits et les fosses métalliques de
Scharffenberg, et bouchèrent les veines et ca-

naux des mines. Après quoi ils continuèrent à remonter l'Elbe, pillant et brûlant tout, jusqu'à Torgau et à Magdebourg. De là, ils jetèrent un pont sur le fleuve, passèrent dans la Lusace et dans la marche de Brandebourg, réduisirent Gouben en cendres, assiégèrent Gorlitz, et Bautschen, qui se défendit vigoureusement et finit par se racheter pour une forte somme. Ils rentrèrent en Bohême à l'époque de Noël, avec de riches provisions; dès le commencement de 1430, ils s'apprêtèrent à de nouvelles excursions. Ils se partagèrent en diverses bandes dont chacune prit un nom particulier, *collecteurs, petits chapeaux, petits cousins,* TROUPES DE LOUPS, *petits hommes chaussés, etc.* Un renfort de Hussites de Moravie vint les rejoindre après avoir enlevé la ville épiscopale de Jean de Fer et ravagé sa province. Ces bandes terribles réunies formaient une armée

de 20,000 chevaux, et de 30,000 hommes
de pied, avec 3,000 charriots attelés de six,
de huit, et même de quatorze chevaux. Ils
étaient commandés par Procope le Rasé,
Guillaume de Kostka (1) et Jean Zmrzlik. Ils
firent une nouvelle irruption sur la Misnie,
et retournèrent jusqu'au delà de Dresde. A
Grimm et à Colditz près de Leipsick ils battirent l'électeur de Br ndebourg et repoussèrent une armée de confédérés, commandée
par plusieurs princes et prélats qui venaient au
secours de leur voisin. Mais la division était
parmi ces seigneurs ; l'empire germanique
était en pleine dissolution, et la race allemande ne pouvait lutter contre les Bohémiens.

(1) Qui fut député au concile de Bâle, et dont Ænéas
Sylvius dit « qu'il était moins célèbre par sa noblesse que
« par le pillage des églises. » Il fut accusé plus tard d'a-
voir abandonné et même assassiné Procope dans la bataille où celui-ci périt.

L'ivresse fanatique des Hussites augmentait avec leurs victoires. Ils prirent Altembourg, ville impériale de la Misnie, et y exercèrent d'effrayantes représailles des bûchers de Jean et de Jérôme. La ville entière, avec la noblesse et les moines, fut à son tour un vaste bûcher. Parmi les vaincus, il y avait un bouffon qui s'écria : *Nous avons cuit l'oie, mais les Bohémiens nous donnent la sauce.* Allusion au nom de Huss, qui signifie oie (1).

Dans le Voigtland, après avoir brûlé quatre villes, ils assiégèrent Plaven et la traitèrent comme Altembourg. Enfin, après avoir ravagé la Saxe et le duché de Cobourg, brûlé Culmbach, Bareith, forcé l'évêque de Bamberg à racheter sa ville pour 9,000 ducats d'or, arraché les mêmes actes de capitula-

(1) C'était un nom tiré de celui de son village natal, Hussinetz.

tion à l'électeur de Brandebourg, au duc de
Bavière, au marquis d'Anspach, à l'évêque
de Salzbourg etc., ils exigèrent 10,000 ducats
d'or de Nuremberg pour l'épargner, et rentrèrent en Bohême au milieu de l'hiver. On
compte « *plus de cent places, tant forts que
villes, qui furent détruits dans cette expédition.* »

1429 et 1430 virent mourir deux des héros de cette histoire, le premier fut Jacobel
ou Jacques de Mise, l'ami de Jean Huss et le
principal instigateur de la révolution de
Bohême, homme éminent sous tous les rapports, et théologien redoutable à l'Église
Romaine. Le second fut le cardinal évêque
d'Olmutz, ce Jean de Prague ou Jean de Fer,
prélat aux inclinations martiales, au courage de lion, mais dont la vaillante épée ne
put servir la cause de Rome en proportion

du mal que lui firent les écrits et les prédications de son compatriote Jacobel.

L'empereur, épouvanté des progrès des
Hussites, se rendit à Nuremberg, et y con-
voqua une diète qui dura huit mois. Presque
tous les prélats et princes de l'Empire s'y
rendirent, et il fut résolu une nouvelle expédition, que les historiens comptent pour la
sixième, bien qu'elle soit effectivement fa
septième contre les Bohémiens. Le pape y
envoya son légat pour prêcher en personne
la croisade. La bulle de Martin contenait ces
chefs principaux : « On accorde cent jours
« d'indulgences à ceux qui assisteront aux
« prédications du légat. — Indulgence plé-
« nière tant à ceux qui se croiseront et qui
« iront à la sainte guerre, soit qu'ils y arri-
« vent heureusement, soit qu'ils meurent
« en chemin, qu'à ceux qui, n'étant pas
« en état d'y aller eux-mêmes, y enverront

« à leurs dépens ou aux dépens d'autrui.

« — On remet soixante jours de pénitence

« aux personnes de l'un et de l'autre sexe

« qui, pendant l'expédition, feront des prières

« et jeûneront pour son heureux succès. —

« On ordonne de fournir des confesseurs aux

« croisés, soit séculiers, soit réguliers, pour

« entendre leurs confessions et leur donner

« l'absolution, quand même ils auraient usé

« de violence contre des clercs ou des re-

« ligieux, quand ils auraient brûlé des égli-

« ses ou commis d'autres sacrilèges, et même

« dans les cas réservés au siège apostolique.

« On défend aux confesseurs de prendre des

« croisés au-delà d'un demi-gros de Bohême,

« pour la confession, et cela quand on l'of-

« frira, et sans l'exiger. — On dispense de

« leurs vœux ceux qui en auraient fait pour

« quelque pèlerinage, comme à Rome ou à

« Saint-Jacques de Compostelle, à condition

« que l'argent qu'ils auraient pu dépenser
« en ces voyages sera employé à la croisade. »

Ce fut là le dernier acte de Martin Il mourut d'une attaque d'apoplexie, le 30 jan-
vier 1431. On l'ensevelit dans un mausolée
d'airain, avec ces paroles pour épithaphe :
« *Il fut la félicité de son temps*, » ironie san-
glante à la destinée de ces temps malheureux !

Dès le 6 mars. quatorze cardinaux élurent
Eugène IV, en lui imposant des conditions
de soumission qu'il ne tint pas mieux que
son prédécesseur. Le cardinal Julien fut con-
firmé dans la charge de légat en Allemagne
pour la réduction des Bohémiens, et envoya
des lettres et mandements d'un langage si
haineux et si fanatique, qu'on les croirait
aussi bien émanés de Tabor ou du camp
des Orphelins que de la chaire pontificale. Les

damnables hérétiques y sont comparés à l'as-
pic, aux bêtes farouches, etc.; et au milieu
de l'énergie d'expression que comportait une
époque si tragique, ces pièces ont une éloquence ampoulée qui est aussi un des traits
caractéristiques de l'école apostolique et romaine au quinzième siècle.

Pendant les préparatifs de la guerre, Sigismond s'avança jusqu'à Egra, et envoya
deux seigneurs à Prague pour faire une
nouvelle tentative d'accommodement. Il
comptait sur la lassitude et la démoralisa-
tion du juste-milieu. Il savait que le Hussitisme s'était effacé autant que possible dans
l'esprit des gentilshommes de Bohême, sorte
de bourgeoisie noble attachée à ses intérêts
plus qu'à ses doctrines. Cependant il connaissait mal l'espèce de résistance sourde et te-
nace dont est capable une bourgeoisie en
train de s'affranchir. Les quatre articles des

Calixtins étaient moins pour eux, comme
nous l'avons dit souvent, des articles de foi,
que des droits politiques, et il n'était pas si
facile de les leur enlever qu'on se l'imagi-
nait. Les Taborites, plus courageux et plus
croyants, consentaient à reconnaître Sigismond, à la condition qu'il observerait lesdits
articles, non-seulement quant à la forme,
mais quant au fond, et qu'il les entendrait
dans les sens politique et religieux, Ils s'obs-
tinaient donc à le faire communier à leur façon, lui et toute sa grandesse Hongroise et
Catholique. Quant aux Orphelins, inflexi-
bles dans leur austère jacobinisme, ils ne
voulaient aucune composition, et s'indi-
gnaient des illusions généreuses du candide
Procope. Une députation à laquelle on ad-
joignait un prê.re Taborite alla toutefois discuter avec l'empereur pendant quinze jours ;
mais Sigismond avait besoin de nouvelles le-

çons pour s'amender et se convaincre de la
nécessité des concessions. Il n'accordait rien,
et pendant ce temps ses plénipotentiaires
intriguaient à Prague pour semer la division
et lui faire des créatures. Et pendant ce
temps aussi, on prêchait la croisade, et on
armait tout l'Empire contre la Bohême. Les
Orphelins s'écrièrent que les lenteurs de la
conférence étaient un piège de Sigismond pour
les endormir et pour fondre sur eux à l'improviste. La méfiance et la peur relevèrent
le courage des Calixtins. Les députés furent
rappelés, et quittèrent Sigismond avec cette
protestation : « Qu'on ne pouvait plus dé-
« sormais reprocher aux Bohémiens de ne
« vouloir pas terminer par une paix loyale
« une guerre si désastreuse, *puisqu'il était*
« *notoire que c'était la faute des autres, et*
« *non la leur.* »

Lorsqu'ils firent leur rapport à Prague, les

seigneurs, consternés, appelèrent le peuple
aux armes, et proclamèrent le danger de la
patrie pendant la procession de la Fête-Dieu.
Le peuple entra en fureur, et le *Cheval roux*
fut chargé de mille malédictions nouvelles.
Le juste-milieu envoya avertir les *troupes de
loups*, les *petits cousins* et toutes les bandes
les plus effroyables des Taborites, des Orébites et des Orphelins. Elles s'étaient disper-
sées, sans s'inquiéter du résultat de la diète,
dans de nouvelles expéditions à l'extérieur
et aux frontières. Tous revinrent, et «mirent
«*sous leurs pieds leurs inimitiés et leurs dis-*
«*cordes,* pour ne penser plus qu'au salut de
«leur patrie. Les grands de Bohême et de
«Moravie s'unirent étroitement dans la
«même vue, les villes renouvelèrent leurs
«confédérations. Petits et grands, on vit
«tout le monde s'armer avec une allégresse

« commune. De sorte qu'en fort peu de
« temps il se trouva, à la revue qui fut faite
« dans le cercle de Pilsen, 50,000 hommes
« d'infanterie et 7,000 chevaux sous les ar-
« mes, avec 3,600 charriots. D'autre côté, on
« prit soin de garder les avenues. Les dis-
« tricts de Zatec et de Launi ; celui de Gratz
« et plusieurs villes frontières avaient l'œil
« sur la Moravie et sur l'Autriche, pour fer-
« mer l'entrée à l'archiduc ou au capitaine
« de Moravie. Pendant que ces choses se pas-
« saient en Bohême, le cardinal Julien se
« donnait tous les mouvements imaginables
« pour animer le flegme des Allemands (1). »
C'était une entreprise difficile, comme le fait
très bien pressentir notre naïf historien, dont
le vieux style est agréable quand il n'est pas
trop obscur. L'Allemagne embrassait froide-

_____

(1) Jacques Lenfant.

ment la querelle de Sigismond , et les terribles *courses* des hérétiques au cœur de ses plus riches provinces l'avaient frappée d'épouvante. C'était. parmi les troupes des divers Etats, à qui n'entrerait pas la première en Bohême. L'archiduc devait faire une diversion par la Moravie, pour forcer l'ennemi à dégarnir ses autres frontières ; mais Albert voulait que le cardinal vînt le joindre , et le cardinal n'y alla pas. Chacun voulait rester chez soi pour se défendre, trouvant que c'était bien assez d'embarras , comme dirait notre auteur , sans aller chercher le danger au foyer de l'enfer. D'ailleurs plusieurs princes de l'Empire étaient occupés à se faire la guerre, et laissaient le légat prêcher cette morale : « Au nom du Christ qui vous a enseigné la charité, ô mes frères ! armez-vous et unissez-vous ; car il y a du sang à verser en Bohême, et les hommes qui osent

défendre leurs autels et leurs foyers atten-
dent de votre mansuétude la mort et la dam-
nation éternelles. »

Cette doctrine est pleinement développée
dans toutes les lettres du savant et disert
cardinal Julien. Il écrit aux Bohémiens au
moment d'entrer en campagne, non pour
leur promettre de n'y point entrer s'ils se
réconcilient, mais pour les exhorter tendrement à se laisser convertir et persuader par
une armée de 130,000 hommes : — « Reve-
« nez donc à l'église, votre mère, et ne l'affli-
« gez pas plus longtemps. Elle gémit, elle
« fond en larmes, elle jette des cris perçants.
« Revenez à nous, *chers cœurs*, nous irons
« au-devant de vous; nous nous jetterons à
« vos cous, nous vous donnerons des vête-
« ments nouveaux, nous tuerons le veau
« gras, nous inviterons *nos voisins et nos*
« *amis* (les 130,000 mercenaires) pour se

« réjouir avec nous du retour de nos enfants.

« Au fond, pourquoi feriez-vous difficulté de
« revenir à nous? Ne sommes-nous pas nés
« d'une même mère? N'avons-nous pas la
« même foi chrétienne, la même parole, les
« mêmes sacrements? Ne recevons-nous pas
« la même Ecriture sainte? Qu'est-ce donc
« qui vous éloigne de nous?.... Nous vous le
« protestons *la larme à l'œil!* ce n'est qu'à notre
« grand regret et par la plus cruelle néces-
« sité que nous nous armons contre vous.
« Nous y sommes portés par l'amour de *nos*
« *prochains*, persécutés, dépouillés, massa-
« crés inhumainement *par les Bohémiens.* »
(C'est à eux qu'il écrit ainsi à la seconde et
à la troisième personne en même temps. *Mas-*
sacrés par vous eût été trop impoli, apparemment..., « Si vous rejetez nos offres et
« nos *invitations*, ne nous imputez pas les
« malheurs de la guerre, et ne vous en pre-

« nez qu'au *refus des gens qui veulent être*
« *plus sages qu'il ne faut.* Croyez-vous que
« ces gens-là en sachent plus que l'ancienne
« Eglise et celle d'aujourd'hui? Qu'est-ce que
« peuvent vous apprendre des gens de
« guerre, des paysans, des bourgeois gros-
« siers? Des gens sans lettres sont-ils plus ha-
« biles que tant de docteurs, que tant d'aca-
« démies où avaient fleuri les saintes lettres?
« Ecoutez saint Augustin qui vous dit *qu'il*
« *n'aurait pas cru à l'Evangile sans le témoi-*
« *gnage de l'Eglise,* etc., etc. »

Autant la lettre du cardinal, dit Jacques
Lenfant, est pathétique, insinuante et artificieuse (il aurait pu ajouter aristocratique),
autant la réponse des Bohémiens est libre,
ferme et même assez dure, mais nette et pré-
cise. La voici :

« Il est impossible, révérend père en Christ
« (c'est le titre qu'on donnait à un simple

« prêtre), qu'une personne d'un aussi grand
« esprit et d'une aussi grande autorité ignore
« que le Fils unique de Dieu, Notre-Seigneur
« Jésus-Christ, pendant sa vie sur la terre,
« non-seulement a donné aux hommes divers
« préceptes très salutaires, mais qu'il les a
« pratiqués lui-même; entre lesquels ces
« quatre sont les principaux : 1° *Que le vé-*
« *nérable sacrement du corps et du sang de*
« *Jésus-Christ doit être administré sous les*
« *deux espèces;* 2° *que la parole de Dieu doit*
« *se prêcher librement et selon la vérité;*
« 3° *qu'il faut punir les péchés publics, com-*
« *mis sous prétexte de religion;* 4° *qu'il faut*
« *ôter l'administration de la république aux*
« *ecclésiastiques* (1). Ces quatre articles se

_____

(1) Les quatre articles sont énoncés ici plus clairement
qu'ailleurs et résument fort bien les libertés que réclamait
la Bohême; liberté du culte, liberté de conscience, liberté
politique, liberté civile.

« prouvent clairement par les Evangiles, par
« les Apôtres, et par tous les saints Pères....
« Ils ont été reçus dans l Eglise chrétienne,
« et gardés fidèlement pendant quelques
« siècles, comme cela paraît par les com-
« mentateurs et docteurs vraiment catholi-
« ques. Mais ils ont été violés et supprimés
« par nous ne savons quels petits prêtres,
« qui, dégénérant de la piété de leurs pré-
« décesseurs, se sont éloignés de la règle de
« l'ancienne Eglise, s'ingérant dans les affai-
« res du siècle, engagés dans les embarras et
« les épines des richesses mondaines, et, ce
« qui est plus déplorable et plus cuisant en-
« core, croupissant dans la mollesse et dans
« l'oisiveté, au grand et irréparable dom-
« mage des âmes fidèles.

« C'est pour cela que, tout indignes que nous
« sommes, mais appuyés des secours de Dieu,
« nous avons toujours travaillé, depuis plu-

« sieurs années à les remettre sur pied , à les
« rétablir, à les éclaircir et à les faire obser-
« ver et respecter , selon leur poids et leur
« mérite. Combien n'avons-nous point souf-
« fert d'inimitiés, d'injures, fait de dépenses,
« enduré de fatigues, encouru de périls pour
« les soutenir , sans même épargner nos
« vies? Nous avons même demandé plusieurs
« fois avec instance d'être admis et écoutés
« publiquement, dans un concile libre, pai-
« sible et sûr; mais tout cela inutilement
« jusqu'ici. Qui peut s'empêcher d'admirer la
« diligence et l'exactitude de vos pères, tant
« vantés, de vos prélats, et de l'Église ro-
« maine, à remédier aux maux de la Chré-
« tienté? Au lieu d'empêcher que les vérités
« salutaires, annoncées et reçues avec tant
« d'éclat dans le monde, ne fussent enseve-
« lies dans l'oubli, vous avez été les premiers
« à les négliger, surtout l'article de l'Eucha-

« ristie, où, depuis tant d'années, par le
« plus grand des sacriléges, VOUS AVEZ RE-
« TRANCHÉ LE CALICE AU PEUPLE, A QUI JÉSUS-
« CHRIST L'A DONNÉ. Comment avez-vous souf-
« fert cet abus? comment ne l'avez-vous pas
« vengé, pendant que vous étiez si soigneux
« de recevoir vos dîmes et vos impôts? Mais,
« sans parler ici de l'intérêt qu'a toute l'Eglise
« à ce rétablissement, pourquoi nous l'avez-
« vous refusé si opiniâtrement, à nous qui
« l'avons demandé avec tant d'instance, et à
« qui même vous l'auriez dû accorder, quand
« nous ne l'aurions pas demandé, pour pré-
« venir tant d'effusion de sang? Nous ne sau-
« rions nous empêcher de croire qu'il y a là-
« dessous quelque dessein caché.

« Considérez la chose de près. Ne valait-il
« pas mieux rétablir une institution si utile,
« si nécessaire à l'Eglise, que d'assembler,
« au péril de leurs vies, de leurs Etats et de

« leurs âmes, et avec des frais immenses;
« tant de rois, de princes et de peuples de
« diverses nations et de diverses langues? Et
« pourquoi? Pour amener le royaume de Bo=
« hème à la religion romaine et à ses usages,
« rites et constitutions ecclésiastiques. Mais
« vous avez beau faire, ce royaume persis=
« tera dans la foi, et se reposera, comme il
« fait, dans le sein de la Sainte Mère Eglise or-
« thodoxe, dont Jésus-Christ est le chef. Mais
« vous mêmes, tous tant que vous êtes, vous
« rendriez un grand service à l'Eglise catho-
« lique, si vous vouliez embrasser ces vérités
« salutaires. Car, ni vous, mon très cher
« père, ni vos ajudants, ne pourrez, selon le
« droit et la raison, être juges de cette cause.
« Cette sainte et éternelle loi dont Dieu lui-
« même est l'auteur, et que Notre-Seigneur
« Jésus-Christ a confirmée par sa vie et par
« sa mort, est très juste par elle-même; et

« il n'y a rien de plus indigne que de préten-
« dre l'assujettir au jugement arbitraire des
« hommes, sujets à la mort et au péché,
« puisque saint P aul a dit : *Anathême même*
« *à un ange du ciel qui annoncerait un autre*
« *Evangile que celui que Jésus-Christ a en-*
« *seigné.* Le cœur de l'homme abandonne
« souvent la vérité immuable pour suivre la
« direction d'une raison qui peut s'égarer, et
« qui s'égare en effet souvent. Nous n'avons
« donc garde de commettre le jugement de
« notre cause à des gens qui , ayant renoncé
« à la piété, regardent cette vérité comme
« une erreur manifeste, en traitant d'héré-
« tiques damnables ceux qui s'y attachent, et
« qui, outre cela, sont nos ennemis déclarés.
« Pour nous , nous sommes dans ce senti-
« ment , que , dans un concile , il ne doit y
« avoir d'autre autorité que celle de l'Ecri-
« ture Sainte, qui est une règle très certaine

« et le juge équitable que Dieu a laissé au
« monde, qui n'est piont trompé et ne trompe
« point ; y joignant le témoignage des saints
« docteurs, quand ils sont conformes à cette
« règle divine ; et quand l'Eglise l'aura reçue
« sur ce pied-là, nous serons tous réunis en-
« semble. Alors, toute l'Eglise militante,
« purgée de son mauvais levain, reprendra
« sa première splendeur ; la foi germera, la
« paix fleurira, l'amour et la concorde ré-
« gneront.

« Mais c'est ce qui n'arrivera pas par votre
« nouvelle méthode, inconnue comme nous
« croyons aux Apôtres, de venir contre nous
« avec tant de milliers de soldats à qui les
« épées, les flèches et toutes sortes d'instru-
« ments de guerre tiennent lieu de l'Écriture
« et du raisonnement. Sont-ce là des armes
« dont un père se sert pour gagner ses en-
« fants, comme vous nous appelez ? Mais

« puisque vous avez choisi ces armes, nous
« en avons aussi de même trempe, et nous
« sommes prêts à en venir à un combat dé-
« cisif. Si vous étiez entrés chez nous comme
« saint Pierre entra chez Corneille, vous y
« auriez sans doute fait de grands fruits, et
« vous auriez réjoui les Pères de l'Église
« chrétienne ; et au lieu d'un veau ils au-
« raient tué un bœuf gras, et invité leurs
« voisins à se réjouir avec eux. Toutes ces
« choses bien pesées, on voit assez ce qui
« nous sépare les uns des autres, quoique
« nous ayons le même baptême. C'est que
« nous autres non-seulement nous profes-
« sons de bouche la religion, mais nous la
« pratiquons et l'exerçons en effet. Ainsi,
« nous vous prions de nous écouter frater-
« nellement, *parceque la fin du monde ap-*
« *proche,* de vous joindre avec nous et de
« marcher avec ardeur sur les traces de

« Jésus-Christ et de ses disciples. C'est par
« ce moyen que le peuple de Christ reposera
« paisiblement dans les tabernacles de l'es-
« pérance et obtiendra le salut éternel. »

« A Prague, au mois de juillet 1431. »

En même temps parut un Manifeste
adressé, de la part des états de Bohême et de
Moravie, à tous les rois, princes, comtes,
marquis, etc., orthodoxes, où les quatre articles de foi religieuse et politique sont expliqués avec d'amples développements, et où,
après avoir rappelé qu'on a toujours refusé
de les entendre et de les discuter avec eux,
les Bohémiens concluent ainsi :

« *Jugez vous-mêmes si, après un refus si*
« *obstiné, nous devons reconnaître de tels ju-*
« *ges, principalement les ecclésiastiques, qui,*
« *comme des écailles, se tiennent serrés auprès*

« *de l'empreur de peur que la vérité ne pénètre.*

« Cette obstination ne leur vient que de leur

« orgueil et de leur arrogance. Oubliant l'hu-

« milité de leur profession, ils ne pensent, ils

« n'agissent que dans la vue d'envahir tous les

« empires et tous les biens de la Chrétienté.

« Pour y réussir ils tournent à tous vents, et

« font de la foi Chrétienne une boule qui

« roule du côté que l'on veut. Au lieu d'imiter

« Jésus-Christ et les Apôtres, ils nagent dans

« les délices et dans les voluptés de la chair.

« Comme des pourceaux, ils foulent les cho-

« ses saintes aux pieds ; ils deviennent les

« temples du Diable. Comme les sergents de

« l'Ante-christ, ils traitent d'hérésie les vé-

« rites chrétiennes, et *il ne tient pas à eux*

« *que Jésus-Christ lui-même ne soit héréti-*

« *que.* Quoique non plus qu'aux Juifs il ne

« leur soit permis de faire mourir per-

« sonne, ils assassinent par les traits em-

« poisonnés de leurs langues ; ils le font à
« la lettre par cette croisade sanguinaire, et
« ils vous ont engagé contre nous, ô rois et
« princes ! comme si vous étiez leurs vas-
« saux ou plutôt leurs satellites et leurs
« bourreaux. C'est pour vous y amorcer
« qu'ils vous promettent la rémission de vos
« péchés qu'ils n'ont p s pour eux-mêmes,
« beaucoup moins peuvent-ils donner le sa-
« lut éternel dont ils vous bercent dans leurs
« diplômes mêlés de fiel et de miel.

Ce Manifeste se termine par cette fière
déclaration : « *Si donc séduits par les artifices*
« *de vos petits prêtres, vous faites irruption*
« *chez nous, les armes à la main, appuyés sur*
« *le secours de celui dont nous défendons la*
« *cause, nous repousserons la force par la*
« *force, et nous nous vengerons des injures*
« *qui ne sont pas tant faites à nous qu'à Dieu.*
« *Pour vous, la chair est votre bras ; mais le*

« nôtre, c'est le Dieu des armées qui combat
« pour nous. A lui soient gloire et louanges
« dans tous les siècles ! »

Enfin la septième armée pénétra en Bohême, sous les ordres du cardinal Julien et
de l'électeur de Brandebourg, qui avait reçu
en grande solennité, à Nuremberg, l'*étendard
bénit* des mains de ce prélat. Frédéric-le-
belliqueux, électeur de Saxe, ainsi que plusieurs autres princes et évêques, venaient
après eux, avec des renforts considérables.
C'était la plus *grosse armée* qu'on eût encore
envoyée contre les Hussites; mais on grossis-
sait en vain le nombre des hommes, le courage allait diminuant toujours. La Bohême
était regardée superstitieusement comme le
tombeau de l'Allemagne, et, au son du tam-
bour des Taborites, on croyait voir apparaître le spectre exterminateur de Ziska. On
entra donc timidement sur cette terre glo-

rieuse, en détachant force espions en avant, et on s'enfonça en tremblant dans ces montagnes du Bœhmerwald où l'on s'attendait à mille embuscades. Procope, irrité de vaincre ces grandes armées sans les combattre, désirait les attirer à l'intérieur et les voir se réunir sous sa main terrible. Il s'avisa à cet effet d'un stratagème. Ce fut de tromper les espions, en leur faisant croire que la division s'était mise parmi les Hussites, que Prague abandonnait les Taborites, et que les Taborites, à leur tour, se séparaient des Orphelins. A cet effet, il fit faire aux divers corps de l'armée Bohémienne diverses marches et contre-marches, qui semblaient annoncer l'incertitude et la désertion. En peu de jours les Impériaux furent persuadés qu'ils pouvaient hasarder leurs forces à découvert, et qu'ils n'avaient à combattre que des paysans et des ouvriers mal armés et mal dirigés. Sur ces

fausses nouvelles, l'armée hâta sa marche,
chantant le triomphe avant la victoire. Après
avoir traversé la forêt de Bohême, les Allemands allèrent assiéger Taschau sur la Mise.
On les laissa s'y agglomérer et s'y installer;
puis, tout à coup, Procope fondit sur eux
avec ses Taborites et les Orphelins. Ce fut
le signal de la déroute la plus complète. Les
Allemands épouvantés se répandirent au hasard dans le pays, ravageant tout sur leur
passage, et se vengeant de leur honte par
mille cruautés. Enfin, s'étant ralliés vers
Taus (Tusta), dans le district de Pilsen, ils
allèrent camper à Riesenberg, château situé
sur une haute montagne. Procope se dirigeait
sur eux à grandes journées; mais dès qu'ils en
eurent avis et dès qu'ils apprirent le bon accord qui régnait parmi les Bohémiens pour les
expulser, ils furent saisis d'une terreur panique et s'enfuirent vers la forêt, sans qu'il fût

possible à leurs chefs de les rallier. C'est en vain que le cardinal leur adressa une harangue en beau style ; c'est en vain qu'il s'écria : « *O Allemagne ! ô Allemagne !* Que diraient les « Arioviste, les Tuiscon et les Arminius, « s'ils voyaient fuir ainsi leurs descendants « au seul nom de l'ennemi ? O honte ! ô infa- « mie ! Nous fuyons la Bohême, mais la Bo- « hême nous poursuivra et nous exterminera « dans les lieux de nos retraites. Où seront « les murailles qui pourront nous mettre à « couvert ? *Non, non, ce ne sont pas les mu-* « *railles qui défendent les hommes,* c'est la « bravoure et l'honneur (1) ! » La voix élo- quente du prélat se perdit dans les profon- deurs du Bœhmerwald, et lui-même, en-

---

(1) C'est le rhéteur Æneas Sylvius (*Hist. Bohem.*, c. 48) qui prête ce discours au cardinal. Il prétend que cette harangue ne fit nulle impression sur le soldat épouvanté.

traîné par les fuyards, perdit sur les chemins
la bulle du pape, son chapeau et son habit
de cardinal, sa croix et sa clochette. Ces in-
signes furent ramassés et portés à Taus, où
ils restèrent longtemps dans les archives de
la ville.

L'épouvante fut si grande, *qu'ayant oublié
par où ils étaient venus*, et assourdis par le
bruit de cent cinquante gros canons qu'ils
avaient abandonnés, et que les Bohémiens
s'amusaient à faire partir pour augmenter
leur terreur, ils s'enfoncèrent pêle-mêle dans
les chemins tortueux de la montagne, courant à toute bride; les charriots se croisant,
se heurtant, les cavaliers s'abattant de tous
côtés. C'était une confusion, des cris, un désordre dont rien ne peut donner l'idée, un
spectacle lamentable à voir. Onze mille hommes périrent, pour ainsi dire, en courant.
Sept cents tombèrent aux mains de l'ennemi.

Toutes les munitions de guerre et de bouche, deux cent quarante charriots remplis les uns de vin, les autres d'or et d'argent, furent abandonnés. L'armée en déroute arriva à Ratisbonne dans un état déplorable, et y apporta le désespoir. Cette ville s'était épuisée pour les frais de la croisade, et il fallait qu'elle s'imposât à la hâte de nouveaux sacrifices pour se fortifier, car on attendait l'ennemi et sa vengeance. Mais le cardinal l'avait dit : *Ce ne sont pas les murailles qui défendent les hommes.*

« Qui l'aurait cru s'écrie à cette occasion « l'historien Cochléé, qu'une armée de qua- « rante mille chevaux eût pu prendre la fuite « si soudainement ? Le Turc, lui-même, ce « tyran si puissant par un si grand nombre de « royaumes et de provinces, n'osera t pas com- « battre une telle armée. » Sans doute personne n'eût voulu le prévoir, cet ascendant irrésistible de la bonne cause sur la mauvaise; et bien que l'histoire soit pleine de pareilles leçons, les hommes sans croyance et sans enthousiasme s'en étonneront toujours. Mais la vie de l'Humanité est semée de miracles : malheur aux puissants qui ne les comprennent pas !

De son côté l'archiduc Albert profitait de cette diversion pour réduire son duché de Moravie et pour en *extirper l'hérésie* (1). Il y prit plusieurs villes qu'il livra au pillage

---

(1) Outre les progrès du Hussitisme, une nonvelle secte venait de paraître en Moravie sous le nom de *médiocres*. « Ils soutenaient qu'il ne fallait donner aux seigneurs « que le revenu de leurs terres, que les sujets ne devaient « point porter d'autres charges, et qu'on n'avait aucun « droit de les y contraindre. Ils s'étaient réunis jusqu'à « quatre mille, renforcés par les paysans, qui se plai- « gnaient des charges, des corvées et des contributions « que leurs maîtres exigeaient d'eux. » Ils commencèrent une Jacquerie sur les terres des gentilshommes. L'archi- duc les dispersa, et en extermina plusieurs. « Les autres « se retirèrent dans les bois ou dans certaines villes qui « leur étaient favorables. »

de ses soldats, et y brûla cinq cents villages.
Mais il ne les convertit pas, et fut forcé de
fuir devant Procope-le-Petit et ses Orphelins,
qui, ayant ravagé le territoire Catholique,
allèrent brûler les faubourgs d'Olmutz et dé-
vaster l'Autriche jusqu'aux rives du Danube.

Procope le Grand fit une nouvelle course
en Silésie; puis, s'étant réuni à Procope le
Petit, il pénétra au cœur de la Hongrie. Mais
certaines dissensions, qu'on ne nous explique
pas, ayant forcé les Orphelins et les Taborites de se séparer, Procope le Rasé entra en
Moravie; et Procope le Petit, bien qu'il se dé-
fendît *comme un lion*, tomba dans une embuscade, et y éprouva de grandes pertes. Les
Orphelins avaient hérité de l'intrépidité de
Ziska, mais non de sa ruse et de sa prudence.
Ils furent mis en déroute par les montagnards
Valaques, au milieu des glaces de l'hiver, et

rentrèrent en Bohême , horriblement mal-
traités.

Le cardinal Julien, de retour à Nuremberg,
fit à l'empereur de grandes plaintes de la
lâcheté des princes allemands. Le concile de
Bâle venait de se rassembler. Il fut résolu
d'y appeler ces terribles hérétiques, contre
lesquels les armes ne pouvaient rien, et de
tâcher de les gagner par composition. Il avait
fallu bien des leçons pour ramener ainsi les
choses à leur point de départ, et le supplice
de Jean et de Jérôme était suffisamment vengé. En conséquence, l'empereur écrivit aux
Bohémiens une *lettre fort gracieuse*, mais un
peu tardive. « *Nous avons appris*, disait-il,
« qu'il s'est répandu des bruits en Bohême ,
« qu'étant à Egra, nous avions commandé à
« notre armée d'entrer incessamment dans
« ce royaume, et d'y mettre tout à feu et à
« sang, sans distinction d'âge ni de sexe. Mais

« il faut que vous sachiez qu'une telle pen-
« sée ne nous est jamais venue dans l'es-
« prit, *non pas même en dormant*........Nous
« souhaitons que vous n'ajoutiez pas foi à
« ces faux bruits. Nous vous exhortons et vous
« conseillons de revenir à l'Eglise Romaine,
« et de comparaître au concile. Là, vous trou-
« verez le révérend père en Dieu, le seigneur
« cardinal-légat du pape, avec notre lieute-
« nant, le très-illustre et sérénissime mar-
« quis de Brandebourg, que nous avons
« chargé de protéger tous ceux qui viendront
« de Bohème pour expliquer leur foi, de les ai-
« der, de les soutenir ; de confirmer tout ce
« dont on sera convenu, et de vous faire con-
« naître combien votre roi et seigneur hé-
« réditaire est disposé à vous gratifier en
« toutes choses et avancer vos intérêts (octo-
« bre 1451). »

Immédiatement les Bohémiens répondi-

rent en ces termes : « Nous , les seigneurs ,
« les chevaliers, les villes et les états sécu-
« liers et ecclésiastiques de Bohême, faisons
« savoir à Votre auguste Majesté que, par nos
« députés envoyés à Egra et par les propres
« lettres de Votre Majesté , nous avons ap-
« pris et compris que, mal instruite par des
« ecclésiastiques contre lesquels nous nous
« défendons avec vigueur et constance, Vo-
« tre Majesté est portée à empêcher la di-
« vine vérité que nous proposons d'être
« annoncée à qui que ce soit , et qu'elle
« n'a point d'autre vue que de nous en
« détacher , pour nous unir à l'Eglise Ro-
« maine. C'est ce qui fit retirer nos députés,
« et ce qui nous a empêché d'entendre à au-
« cune négociation; car les lois divines et hu-
« maines nous défendent d'accepter ce parti.
« Que Votre auguste Majesté ne soit donc pas
« surprse que nous refusions de déférer ni à

« Votre auguste Majesté elle-même, ni à l'E-
« glise de Rome ; puisque, vous opposant à
« la volonté de Dieu, vous ne voulez pas nous
« procurer une audience légitime, selon le
« désir que nous avons de rendre raison de
« notre foi. Ce n'est pas de notre propre mou-
« vement que nous nous trouvons réduits à
« cette *honnête désobéissance*. C'est par or-
« dre de saint Pierre lui-même, qui nous
« apprend à obéir plus à Dieu qu'aux hom-
« mes. C'est pourquoi nous notifions à
« tous et à chacun que, puisqu'à la sollicita-
« tion des ecclésiastiques qui préfèrent leur
« volonté à celle de Dieu, on veut nous con-
« traindre à une obéissance illégitime, nous
« sommes résolus de nous défendre, appuyés
« sur le secours de Dieu (octobre 1431). »

En même temps que l'empereur, le cardinal Julien écrivait de son côté : « Il vous sera
« permis de dire librement vos sentiments

« sur la religion, de consulter et de proposer
« *des expédients*..... Nous avons appris que
« vous vous êtes souvent plaints de ne point
« obtenir d'audience. Ce sujet de plainte ces-
« sera désormais. On vous entendra, à l'ave-
« nir, publiquement et autant de temps que
« vous le souhaiterez. C'est pourquoi nou
« vous prions et supplions de tout notre cœur
« de ne point différer à entrer par cette belle
« et grande porte qui vous est ouverte, et de
« venir en toute confiance au concile. De peur
« que vous ne soyez retenus par quelque mé-
« fiance, nous sommes prêts à vous donner
« un sauf-conduit plein et suffisant pour ve-
« nir, pour demeurer, pour vous en retour-
« ner ; et nous vous accorderons, au nom de
« l'Eglise universelle, tout ce qui pourra con-
« tribuer à la liberté et à la sûreté de vos dé-
« putés. Nous vous prions, au reste, de les
« bien choisir, et d'envoyer des gens pieux,
« doux, consciencieux, humbles de cœur,

« pacifiques, désintéressés, chérissant la
« gloire de Jésus-Christ, et non la leur. »

Il y a loin de cet humble et pacifique ap-
pel au bref que, trois ans auparavant, le
pape adressait aux habitants de Pilsen, pour
les détourner de discuter avec ces serpents rusés, à la peau d'agneau et aux dents de loup.
L'Eglise, consternée de ses désastres, s'effor-
ce enfin de revêtir elle-même cette peau d'a-
gneau; et, au risque *de la perdition des
âmes*, elle consent à la discussion tant re-
poussée et tant redoutée. Les Bohémiens
s'émurent peu de tant de courtoisie.
L'expérience les avait rendus méfiants, et
leurs députés répondirent fièrement à Sigismond, dans une conférence convoquée par
lui à Presbourg, *que toute petite qu'était la
province de Bohême, elle était assez puissante
pour rendre le double à ses ennemis.*

Sigismond, au moment d'aller en Italie

pour son couronnement, leur écrivit encore
« qu'aucune nation ne lui était plus chère que
« la leur, que par ses soins ils seraient favora-
« blement reçus au concile, *pourvu qu'ils ne*
« *prétendissent pas être plus sages que l'E-*
« *glise Romaine; enfin qu'il ne prétendait pas*
« *les gouverner autrement que les autres rois*
« *chrétiens.* » Nonobstant ces airs de douceur, remarque l'historien J. Lenfant, il y
avait toujours dans les lettres de Sigismond
quelques traits ambigus qui donnaient de la
défiance aux Bohémiens, tels que la soumission au concile, et l'offre ou plutôt la menace
de les gouverner *comme les autres*, c'est-à-
dire de les mettre sous le joug de l'Eglise Romaine. C'est ce qui les obligea à demander
une conférence à Egra, « pour mieux savoir
« sur quel pied ils seraient entendus à Bâle. »

Dans cette conférence, ils demandèrent entre autres choses « *que le concile fût de telle na-*

*ture que toutes sortes de gens et de peuple y pus-
sent venir;* et que le pape n'eût pas la suprême
autorité sur le concile, mais qu'il fût tenu de s'y
soumettre.» Toutes leurs réclamations furent
à peu de chose près les mêmes que firent les
Protestants au concile de Trente en 1551. Le
sauf conduit accorda tout, déclarant que le
concile prenait sous sa protection non seulement tous les ecclésiastiques et seigneurs,
mais *encore tous ceux du peuple* de Bohême et
de Moravie, *de quelque condition qu'ils fussent.* Les sûretés garanties pour leur indé-
pendance et sécurité attestent minutieuse-
ment, et honteusement pour l'Eglise, les mé-
fiances qu'elle avait à surmonter, en expia-
tion de son crime envers Jean Huss et Jérôme, immolés en violation de la foi jurée. On
délibéra à Prague sur la valeur de ces garanties. Les Taborites, Orébites et Orphelins, le
peuple, en un mot, se refusait aux accommo-

dements proposés ; les Calixtins et la noblesse voulaient tenter tous les moyens de conciliation, *sauf la vérité*, c'est-à-dire sauf le sacrifice des articles de foi.

Durant ces démarches et ces discussions, les Taborites et les Orphelins, jugeant avec raison que plus ils se rendaient redoutables, meilleures seraient les conditions de la paix, recommencèrent leurs courses dans l'intérieur du pays contre les Catholiques qui n'avaient pas voulu traiter avec eux, dans le Voigtland, dans la Misnie, dans la Silésie, le duché de Breslau, dans la marche de Brandebourg jusqu'à Custrin, puis à Francfort sur l'Oder, dans la Basse-Lusace, à Kœnigsberg, dans la Nouvelle Marche, à Bernaw, à Angermunde, où ils se fortifièrent et demeurèrent quelque temps, ce qui fit donner à cette ville le nom *d'Angermunde l'Hérétique*; puis en Moravie, aux rives du Danube, etc.

Dans toutes ces campagnes, quoique les Orphelins fussent souvent repoussés avec perte,
l'armée Bohémienne remporta de grands
avantages, maintint l'épouvante chez ses
voisins, fit des prodiges d'audace, de valeur et
de cruauté, et revint, comme à l'ordinaire,
chargée de butin Nous ne manquons pas de
détails sur ces divers évènements; mais ils ne
peuvent avoir, pour ceux qui lisent aujour-
d'hui l'histoire, qu'un intérêt de localité , et
nous n'en citerons qu'un trait relatif à Procope. « Fumant de colère de la perte de
Sternberg qui lui appartenait, il pardonna
cependant à celui qui avait livré cette place
à l'ennemi, et dont il voulait d'abord faire un
exemple: mais ce fut à la condition qu'il le
suivrait, et qu'il effacerait par quelque belle
action la note d'infamie qu'il avait encourue
dans cette occasion. » Il y a quelque chose

d'antique et de chevaleresque dans cette justice de Procope le Grand.

Dans cette même année (1432), les Bohémiens envoyèrent une ambassade au roi de
Pologne dont les Calixtins eussent préféré
la protection, et la royauté au besoin, à celles de l'empereur Sigismond. Outre leur sym-
pathie pour un prince *de leur langue*, c'est-à-
dire de la famille Slave, ils sentaient bien que
ce prince, récemment converti à la foi chrétienne, serait moins chatouilleux qu'un
prince du Saint-Empire sur les articles de la
foi. Ils donnèrent donc pour prétexte à leur
ambassade la réconciliation de Koribut, et
l'offre de secourir la Pologne contre la Prusse, les Lithuaniens révoltés, les Chevaliers
teutoniques, les Valaques et les Tartares
qui la menaçaient de tous côtés. Le Polonais
écouta favorablement leurs députés, et défendit à ses prélats de prononcer contre eux

l'interdit, cette insultante prohibition du service divin dans les lieux souillés par leur présence, qui, jusqu'alors, les avait accompagnés et irrités dans tous leurs voyages à l'étranger. Wladislas regardait le secours d'une armée Taborite comme une grande chance de salut, et il motiva sa tolérance envers l'hérésie sur le sauf conduit du concile qui révoquait l'*interdit* et les admettait à réconciliation. Mais il y avait à Cracovie un évêque nommé Sbinko, homme d'une orthodoxie farouche et d'un caractère héroïque, qui résista au roi, brava ses menaces, lui tint les discours les plus hardis, et fulmina l'interdit avec toute l'audace de la primitive Eglise. Ce débat eut de longues et remarquables conséquences. Le roi penchait à coup sûr vers le Hussitisme ; car cette doctrine faisait de grands progrès dans le monde, et Wladislas souffrait qu'un prêtre Bohémien prêchât les idées de Wicklef en sa présence.

Une chaude querelle s'engagea entre l'université de Cracovie et le roi de Pologne; et, l'avis de Sbinko ayant triomphé, le monarque Slave irrité résolut de faire assassiner Sbinko. Bien que ce fait nous écarte un peu de la scène principale, comme il ressort de notre sujet, et qu'il montre une belle figure historique dans l'Église Romaine, à cette époque où elles y sont fort rares, nous ne l'omettrons pas. « Il y eut des gens qui persuadèrent le roi de faire mourir l'évêque de Cracovie. Les bourreaux étaient déjà tout prêts pour l'exécution la nuit, lorsque le palatin de Cracovie en avertit le prélat. « Je vous suis fort obligé de l'avis charitable que vous me donnez, répondit celui-ci, mais je ne veux point fuir, ni

« rien changer dans ma conduite. Je me
« tiendrai tranquille dans le lit où j'ai accou-
« tumé de coucher, sans avoir personne qui
« me garde. J'entrerai dans l'église à mi-
« nuit pour célébrer les louanges de Dieu,
« avec un prêtre et un homme de chambre
« et je ne détournerai pas ma tête de la
« main du bourreau. Je souhaite seulement
« que cette victime soit agréable à Dieu. »
Cependant l'exécution ne se fit point, quoique
Sbinko ne prît aucune précaution. Ce Sbinko
était guerrier aussi, comme l'évêque de
fer. Il avait marché plusieurs fois contre Koribut, lorsqu'il se permettait des excursions
sur la frontière de Pologne, et, en toute occasion, il s'opposa à la réconciliation de ce
prince, qui eût probablement entraîné Wladislas dans les intérêts de la Bohême Hussite.

Si l'Église Romaine n'eût été composé que
de membres aussi sincères et d'un caractère

aussi noblement trempé, les vengeances de
l'hérésie n'eussent peut-être pas ensanglanté
les provinces Slaves et Germaniques. Mais il
s'en fallait de beaucoup que le concile eût
dans son sein de pareils éléments de grandeur. L'église Romaine entrait en pleine
dissolution, une corruption effroyable régnait parmi ses membres : la débauche, la
simonie, la cupidité, le mensonge, l'intrigue
y trônaient effrontément. Le pape sentait sa
puissance prête à lui échapper ; et dans ce
grand conflit du pontife cherchant à poursuivre, sans grandeur et sans idéal, l'œuvre
de Grégoire VII, et de l'Église essayant de
faire alliance avec les puissances du siècle
pour secouer la domination du pape, il était
également impossible que la papauté recou-
vrât sa splendeur, et que l'Église recon-
quît noblement ses antiques libertés répu-
blicaines. Il y avait donc une lutte acharnée

entre les conciles, pour se constituer, et le pape, pour dissoudre les conciles. Les Hussites se trouvaient d'accord avec les évêques sur un seul point, celui de soumettre les décisions du pape à celles du concile. La vie de Martin V avait été employée à corrompre et à désunir ces assemblées ; Eugène IV continuait ce travail, mais avec moins d'habileté, et déjà il avait prononcé la dissolution du concile de Bâle, sous le prétexte que la moitié de la population de cette ville était hérétique, et que les doctrines de Wicklef et de Huss y trouveraient trop d'appui. Mais ce pontife rencontrait, dans son légat Julien, une résistance énergique, et, dans l'empereur Sigismond, un ennemi mal réconcilié, qui venait lui demander la couronne, le glaive à la main. « Quand vous devriez, écrivait Julien au saint-père, perdre la vie à l'occa- « sion de ce concile, il vaudrait mieux mou-

« rir que de souffrir sur vous une tache
« ineffaçable, et de donner lieu à des scan-
« dales dont vous rendrez compte à Dieu. »
Eugène IV voyait sa puissance ébranlée, et
se flattait de la rétablir par l'intrigue, en
gagnant du temps. D'un côté, il demandait
au concile délai sur délai avant de répondre
à la sommation d'y comparaître ou de s'y
faire représenter; de l'autre, il retardait le
couronnement de Sigismond, et suscitait
contre lui les princes italiens, ses auxiliaires,
pour l'empêcher d'entrer en Italie. L'empereur, attaqué près de Milan par les Floren-
tins et les Vénitiens réunis, fut plus heureux
contre eux que contre les Bohémiens. Il les
battit *dos et ventre*, dit notre auteur. Les Vénitiens tentèrent de l'empoisonner; mais,
étant sorti vainqueur de tous ces périls, il
traversa l'Italie avec ses Allemands et ses
Hongrois, que les Italiens traitaient de *bar-*

bares, et alla attendre à Sienne le bon plaisir du pape, qui céda enfin au bout de six
mois, et le couronna *Auguste*, c'est-à-dire
empereur, selon l'institution de Grégoire V.
Jusque-là Sigismond n'était que *César*, ou
roi des Romains. Néanmoins les Allemands
et les Slaves lui donnaient le titre d'empereur
par anticipation.

Durant toute l'année 1432, le concile ne
put s'occuper des Hussites, absorbé qu'on
était par la difficulté de se constituer *œcumé-
niquement* sans le concours du pape. Le pape
excommuniait et demandait grâce tour à
tour, sous forme de pardon. Le concile for-
mulait et ajournait tour à tour la déchéance
du pape. Ce ne fut qu'en novembre 1433
que, grâce à l'intervention de l'empereur et
à un nouveau délai de quatre-vingt-dix jours
obtenu par lui pour le pape, on put s'entendre provisoirement, en attendant une

nouvelle rupture. Mais, pour ne pas antici-
ciper sur les évènements, nous rétrograde-
rons vers le commencement de 1433, époque à laquelle les députés de la Bohème arrivèrent au concile, et y jouèrent un rôle.

Ils arrivèrent à Bâle au nombre de trois
cents, ayant à leur tête Procope le Grand,
Jean de Rockisane, Pierre Payne, dit l'Anglais, Nicolas Biscupec, prêtre des Taborites,
Ulric, prêtre des Orphelins, Kostska, guerrier célèbre par ses courses déprédatri-
ces, etc. « Leur arrivée parut un phénomène
si nouveau, *que tout le peuple*, dit Ænéas
Sylvius, présent au spectacle, *se répandit
dans la ville et hors de la ville pour les voir
entrer. Il se trouvait même parmi la foule
plusieurs membres du concile, attirés par la
réputation d'une nation si belliqueuse. Hommes, femmes, enfants, gens de tout âge et de
toute condition, étaient dans les places publi-*

ques, ou aux portes et aux fenêtres, et même
sur les toits pour les attendre. Les uns mon-
traient l'un au doigt, les autres un autre. On
était surpris de voir des habits étrangers et
jusqu'alors inconnus, des visages terribles, et
des yeux pleins de fureur. En un mot on trouvait que la renommée n'avait point exagéré
leur caractère. (1). Surtout on avait les yeux
sur Procope : « C'est celui-là, disait-on, qui,
tant de fois, a mis en fuite les armées des fidèles, qui a renversé tant de villes, qui a mas-
sacré tant de milliers d'hommes ; aussi redoutable à ses propres gens qu'à ses ennemis,
capitaine invincible; hardi, intrépide et infati-
gable. »

Ne croirait on pas, d'après ce récit du pape
Pie II, voir l'Église, retranchée, comme le
vieux Priam, derrière les murailles troyen-

(1) C'était un proverbe en Allemagne que dans un seul
soldat Bohémien il y avait cent démons. (Balbin.)

nes du concile, faire le dénombrement des
Grecs, et s'arrêter, avec une complaisante
terreur, sur Procope, comme sur l'indomp-
table Achille? Ce devait être en effet un spectacle effrayant et bizarre que celui de ces
représentants du peuple, ces guerriers im-
placables et ces prêtres austères, sans orne-
ments et sans luxe, escortés d'hommes farouches, de sans-culottes terribles, traver-
sant la foule brillante et corrompue des
princes et des prélats épouvantés.

Dès la première audience, le cardinal Julien
leur fit un discours emphatique et caressant,
pour leur faire entendre, à l'aide de toutes les
métaphores à la mode dans l'éloquence réli-
gieuse officielle de ce temps-là, qu'ils n'avaient
qu'à se justifier, à se faire absoudre, et à rentrer aveuglément dans le sein de la sainte mère
Église, l'*arche sainte*, le *jardin fermé*, la *fon-
taine cachetée*, dont *l'eau guérit à jamais*

de la soif... de la connaissance, apparemment, etc., etc. ; enfin, que pourvu qu'ils reconnussent l'infaillibilité du concile, ils pouvaient compter sur leur pardon.

Ce n'était point là ce que les Bohémiens étaient venus chercher. Ils répondirent qu'ils ne méprisaient pas les conciles, mais qu'ils se fondaient avant tout sur les saintes Lettres, les Pères de l'Église, et l'Évangile, « *qu'ils demandaient une audience publique à laquelle les Laïques assistassent.* » Rockisane parla avec éloquence, habileté et fermeté. L'audience publique leur fut accordée.

Ils y proposèrent leurs quatre articles, à la grande surprise du concile qui s'attendait à leur voir soutenir, outre les doctrines Calixtines, les doctrines plus hardies des Taborites et des Orphelins. Mais, au fond, les quatre articles bien entendus et bien interprétés contenaient la formule de toutes les libertés

civiles, politiques et religieuses que récla-
maient toutes les sectes hussites. Le légat eût
voulu forcer les députés à se compromettre
davantage, et il anima, par des questions in-
sidieuses, Procope, qui invoqua avec impatience l'autorité des Prophètes et de Jésus-
Christ contre les modernes institutions de
l'Église, comme *des inventions du Diable et
des œuvres de ténèbres.* Le candide Procope
ne savait point à quels sceptiques il avait affaire, et son impétuosité fut accueillie d'un
immense éclat de rire. Cette insultante hila-
ritée resta comme un outrage ineffaçable
sur le cœur des Taborites. Le légat sentit la
faute du concile, et s'efforça de répondre,
d'un ton conciliant, que l'Église, assistée du
Saint-Esprit, pouvait aller au delà de la lettre
des Prophètes et de l'Évangile.

Les conférences suivantes furent em-
ployées à la défense des quatre articles; et

chacun de ees articles fut défendu trois jours
ou au moins deux jours durant, par un des
docteurs élus à cet effet. Le Calixtin Rockisane démontra la nécessité de la communion
sous les deux espèces ; le Taborite Nicolas, la
répression des péchés publics selon la raison
et la loi de Dieu ; l'Orphelin Ulric, la libre
prédication ; le Wickléfite Payne, la négation
du droit de possession des biens séculiers et
temporels par les ecclésiastiques. Le concile
nomma quatre docteurs pour leur répondre.
Jean de Raguse, général des dominicains,
parla pendant huit jours, sur la motion de
Rockisane ; et comme il appliquait souvent
aux Bohémiens les mots d'hérétiques et d'hérésie, Procope, perdant patience, s'en plai-
gnit hautement. « Cet homme, qui est notre
compatriote, dit-il, nous injurie en nous traitant d'hérétiques ! — C'est parce que je suis

votre compatriote de langue et de nation, répondit le dominicain, que j'ai d'autant plus de
passion de vous ramener. » Les Bohémiens
irrités voulurent sortir du concile. On eut
beaucoup de peine à les apaiser. Gille Char-
tier employa quatre jours à répondre à la
seconde proposition ; Kalteisen de Constance
parla trois jours contre la troisième, et Pole-
mar trois autres jours contre la quatrième.

Les Bohémiens paraissaient fort ennuyés
de l'éloquence prolixe, fleurie et creuse de
leurs adversaires. Ils les réfutèrent avec obstination. « On trouve bien les discours des doc-
« teurs catholiques dans les actes du concile de
« Bâle, mais *je ne sais par quelle raison* on
« n'y a point inséré ceux des docteurs de
« Bohême. » Notre historien est bien bon de
s'en étonner. On sait de reste, que ce fut la
conduite constante de l'Eglise, en pareilles

occasions d'anéantir les écrits de ses adversaires, ce qui ne prouverait point qu'elle
comptât sur l'infaillibité de ses propres réfu-
tations. Aussi ce sera un grand et difficile travail que de reconstruire, sur des lambeaux
épars et sauvés à grand-peine, les importantes doctrines d'émancipation sociale que,
jusqu'au dix-huitième siècle, on a essayé de
flétrir du nom désormais glorieux d'hérésies.

Le pouvoir laïque, représenté par le duc
de Bavière, protecteur du concile, était plus
pressé d'arriver à la paix avec les Bohémiens qu'à la victoire des dogmes catholiques. Il représenta au concile que ces longues
discussions ne servaient qu'à aigrir les esprits
de part et d'autre; et le concile, partageant
ses vues politiques, fit aux Bohémiens l'é-
trange proposition de s'unir par avance par
quelque traité, dans l'espérance que l'union

faciliterait la discussion. Mais les Bohémiens
étaient venus chercher l'union religieuse
avant l'union politique, et ils répondirent, en
bons croyants et en bons logiciens, que l'une
ne pouvait être que l'effet de l'autre. Axiome
si simple et si vrai, qu'on s'étonne de voir encore aujourd'hui tant de gens demander des
bouleversements politiques avant de songer
à établir des doctrines religieuses et sociales.
Le légat, forcé d'admettre ce principe irré-
futable, retomba dans ses métaphores ac-
coutumées, nommant le concile *le creuset du
Saint-Esprit, où la rouille doit être séparée de
l'or et de l'argent ;* et, croyant trouver un
moyen d'enlacer adroitement les Hussites, en
les forçant à se condamner ou à s'absoudre
eux-mêmes, il les accusa de s'être montrés
Wickléfites dans leurs discours, et les somma
de renier ou d'adopter Jean Huss, Jérôme et
Wicklef dans certains articles sur l'Eucharis-

tie et les autres sacrements. Il leur fit donc
une série de questions délicates qu'on leur
donnerait par écrit, afin qu'ils pussent répondre chacun, à chaque article , ces seuls
mots :- *Nous croyons*, ou *nous ne croyons pas
cela.* Les Bohémiens sentirent ce piége; ils
voulaient s'expliquer sur toutes ces propositions prétendues hérétiques, et les discuter
en les développant, en les appuyant des textes sacrés et de l'autorité de la primitive
Eglise. Les accepter par *oui* ou par *non*, c'é-
tait se soumettre à une condamnation formulée *à priori* et odieusement consacrée d'avance par les décrets du concile de Constance
contre Wicklef, Jean et Jérôme. Ils répondirent que leur mandat ne les autorisait pas à
discuter autre chose que leurs quatre articles;
et ils quittèrent Bâle au mois d'avril 1433,
sans avoir rien conclu, mais sans avoir cédé
un pouce de terrain.

Le concile courut, en quelque sorte, après eux. Trois évêques, accompagnés de huit ou dix docteurs, des députés de plusieurs prélats et communautés, diverses ambassades des princes de l'Empire, du duc de Savoie, des électeurs et des villes libres, enfin une immense et imposante députation de diplomates choisis se rendit à Prague, en apparence pour y continuer la discussion et y offrir des accommodements; mais, dans le fait, pour les diviser, les corrompre, détacher d'eux les seigneurs Catholiques qui avaient fait en politique cause commune avec eux, séduire et flatter les ambitieux, en un mot, triompher par l'intrigue, à défaut de mieux. Ceci n'est point une conjecture. Leurs ordres secrets portaient ces instructions. Les plus beaux discours furent échangés à Prague, et Rockisane ne céda pas la palme de l'éloquence aux beaux esprits du concile. Un chanoine

de Magdebourg fit au nom de l'Eglise une al-
locution ampoulée à la vanité des Praguois.
*Je te revois, s'écria-t-il, ô Prague, métro-
pole de Bohême, ville magnifique, respectable
à tous les rois et à tous les princes, pendant le
temps de ta paix et de ton union au Seigneur!
O cité de Dieu, souviens-toi de ton ancienne
dignité! Nous sommes touchés d'une tendre
compassion à la vue de ton état présent! Qu'est
devenue cette ville si célèbre et qui avait à
peine son égale? Tu as été comptée parmi
les plus florissantes, et tu sais, et tu vois ce
que tu es à présent, etc.* »

La grande vérité que le style c'est l'homme est devenue proverbiale. Dans l'éloquence de tous les diplomates ecclésiastiques Romains de cette époque, on voit percer l'enflu-
re, la ruse et la vanité. Chez Rockisane, dont
nous regrettons de ne pouvoir donner un
échantillon de style, vu la nécessité de nous

borner dans nos citations, on verrait aisément percer l'ambition et la personnalité.
Mais chez Procope on ne trouve que force ,
droiture, religion et simplicité. « Cependant,
« répondit-il, il est arrivé un grand bien de
« cette guerre ! Plusieurs adversaires de nos
« salutaires vérités, s'étant joints à nous
« pour la défense de la patrie, en sont venus
« à les reconnaître et à les embrasser. Les
« victoires que nous avons remportées y ont
« affermi le peuple, qui aurait été contraint
« de les abandonner par la violence de vos
« armes. Enfin, c'est cette guerre qui a obli-
« gé le concile de donner audience aux Bohé-
« miens et de faire connaître nos saintes vé-
« rités à l'univers ! Ne vous attendez donc point
« à voir la fin de ces troubles que la vérité
« ne soit reçue d'un commun consente-
« ment. »

Nous abrégerons, malgré l'intérêt que nous

présentent ces longues négociations. La ruse
et l'intrigue l'emportaient. Les compliments
et les promesses, qui ramenèrent aisément
les Catholiques rebelles, ébranlèrent peu à
peu les Calixtins. Le juste-milieu était las
de la guerre, et se retranchait principalement derrière le premier article (la communion sous les deux espèces), comme sous le
bouclier de son point d'honneur. Les trois
autres articles, qui tendaient à débarrasser
temporellement la Bohème laïque du joug ecclésiastique, subirent des modifications appa-
rentes de part et d'autre. Mais, dans le fait,
l'adroite et artificieuse rédaction du concile
de Bâle ruina le fond de ces importantes pro-
testations, et, feignant de céder sur l'article
de la communion, donna une conclusion vague et d'une exécution éventuelle. On permettait la *libre prédication, à condition* que
les prédicateurs seraient approuvés par le

pape. On prononçait que les ecclésiastiques
doivent administrer fidèlement les biens de
l'Eglise et selon l'institution des saints Pères;
mais, en déclarant que ces biens ne pouvaient être usurpés sans sacrilége par les
laïques, on faisait assez pressentir pour l'a-
venir une mesure analogue à ce que serait
chez nous aujourd'hui la restitution des biens
nationaux. Enfin, sur l'article de la communion, tout en prononçant que l'Eglise a tout
pouvoir sur une pareille question, et que les
récentes institutions sont articles de foi comme les anciennes , *on accorde pour un temps
aux Bohémiens la permission de communier
sous les deux espèces, par autorité de l'Eglise
pourvu qu'ils se réunissent à elle ,* et qu'ils
croient sans examen au dogme de la présence réelle, tel qu'il est enseigné par l'Eglise
Catholique, Apostolique et Romaine.

Les Calixtins, influencés par Rockisane ,

qui songeait à ses propres affaires, comme le prouve la suite de sa vie, envoyèrent, non plus trois cents, mais seulement trois députés à Bâle, pour notifier l'acceptation de cet arrangement hypocrite. Le concile, *ravi de joie*, dressa ce fameux traité de paix connu dans l'histoire sous le nom de *Compactata*. La Bohême signait son arrêt par la main du juste-milieu. L'Eglise et l'Empire allaient triompher sinon des libertés bourgeoises (1), du moins des grandes luttes et des inspirations infinies du peuple. Mais Procope était encore debout au milieu de ses fiers Taborites; Procope protestait contre ce lâche traité, et il

---

(1) Il semble qu'il y ait ici contradiction. Mais si nous traçions la suite de cette histoire après la restauration de Sigismond, on verrait que les Calixtins ouvrirent bientôt les yeux sur la faute qu'ils avaient faite, et qu'ils luttèrent longtemps avec succès pour la réparer. Le règne du calixtin George Po liebrad est un triomphe assez éclatant de la bourgeoisie.

fallait que Procope tombât, pour que Rome
et l'empereur pussent entrer à Prague sur le
cadavre du prolétariat. Pendant le séjour de
Procope à Bâle, il avait donné le commandement des Taborites à Pardus de Horka , lui
recommandant de tenir ses troupes en ha-
leine, afin d'intimider sans relâche le concile et le parti catholique. Horka avait encore
une fois ravagé la Hongrie, et pris nombre
de villes et de forteresses jusqu'aux frontières
de la Pologne, avec tant de rapidité que les
Hongrois n'avaient pas même songé à se défendre. De leur côté, les Orphelins, chargés
de cimenter l'alliance avec le roi de Pologne
avaient été l'aider à réduire les Chevaliers
Teutoniques. Ils pénétrèrent en vainqueurs
jusqu'à Dantzick, dont ils détruisirent le port
et où ils remplirent des flacons d'eau de la
mer pour porter ce signe de lointaine victoire à leurs compatriotes. Après une bataille

gagnée sur le grand-maître des Chevaliers,
ils firent prisonniers des mercenaires de Bohême, qu'il s'était attachés. Ils les traitèrent
comme renégats et les jetèrent dans les
flammes. Enfin, ayant forcé l'Ordre à ca-
pituler avec le roi de Pologne, ils reçurent
de ce dernier de grands honneurs et de riches
présents, et vinrent joindre Procope qui brû-
lait de rompre le honteux traité de Bâle.

Les deux Procope assiégèrent donc Pilsen,
qui, malgré la victoire des Hussites dans tout
ce district, était restée Catholique et fidèle à
l'empereur. Ce siége fut long et opiniâtre. De
fâcheuses diversions le firent interrompre.
Un gros de Taborites s'était jeté sur la Bavière, et, surpris dans une embuscade, y
avait été complétement écrasé. Les mêmes
plaintes qui s'étaient élevées contre Ziska,
vers la fin de sa laborieuse carrière, vinrent
troubler le cœur magnanime de Procope.

Dans ces moments de lu tte désespérée, la foi au succès, surexcitée par l'impatience, se dévore et se détruit elle-m ême. Les Taborites se trouvaient, comme au temps des dernières conquêtes du redout able aveugle, dans une situation effroyable. Ils voyaient les Calixtins et les Catholiques se ligue r, de nouveau, ensemble et les abandonner. Le salut de la cause ne reposerait bientô t plus que sur eux, et ils éprouvaient cette profo nde et douloureuse terreur qui s'empare du plus ardent fanatisme lui-même, quand l'h eure de la guerre civile recommence à sonner . Jusqu'alors les Catholiques , fidèles au parti de Sigismond , avaient été considérés par eux comme des ennemis naturels , comme des étrangers. Mais ces Catholiques réconciliés , mais ces Calixtins qui avaient presque toujours marché avec eux contre l'étranger , et qui avaient défendu comme eux la révolution autant que le sol national, ils s'étaient habitués à les regarder, malgré leurs fréquentes ruptures, comme des frères de race et de religion. Au moment de leur livrer un duel à mort, leurs consciences étaient bouleversées; et, au moindre échec, transportés de rage, ils étaient prêts à accuser leurs chefs. Procope fut soupçonné par eux, comme autrefois Ziska, de céder à des ressentiments personnels. Plusieurs opinions se partageaient les esprits. On disait que lorsque les chefs Taborites étaient rassemblés à une même table, ils se jetaient les vases et les gobelets à la tête. Procope éprouva un instant d'insurmontable dégoût, et quitta l'armée. Les Taborites coururent après lui, et le ramenèrent vaincu par leurs instances et leurs larmes. Les Praguois eux-mêmes, soit qu'ils ne se trouvassent pas prêts à se passer de lui, soit qu'ils voulussent le forcer à séparer sa cause de la leur, l'engagèrent à retourner au camp.

Le siége de Pilsen fut donc repris avec ardeur ; mais le concile fit passer de l'argent aux habitants, et les Calixtins (honteuse trahison) réussirent à y introduire des vivres. Dans une sortie, les assiégés prirent sur les Orphelins un chameau qu'ils avaient pris en Prusse sur les Chevaliers Teutoniques, et qu'ils promenaient avec amour-propre à travers la Bohême. Cette perte les affligea puérilement, et ils jurèrent de périr devant la ville, plutôt que de ne pas reconquérir leur étrange trophée. Cependant Pilsen le conserva ; et, par la suite, Sigismond lui donna le chameau pour armes, au lieu du limaçon qu'elle portait auparavant.

Sur ces entrefaites, les députés de Bohême et ceux du concile arrivèrent à Prague,

où l'on assembla sur-le-champ les états pour
la signature du concordat. Les Taborites,
les Orphelins et les Orébites, qui formaient
un parti dans cette capitale, s'y opposèrent
avec indignation , accusèrent ouvertement
Rockisane d'avoir vendu la patrie pour satisfaire ses desseins ambitieux, et déclarèrent le
traité infâme, impie et frauduleux. Les députés du concile profitèrent de cette désunion
pour animer la noblesse Bohémienne contre
les Taborites ; et alors fut résolu cet holocauste, abominable à Dieu, de tout le parti
républicain, de toute la force, de toute la
gloire, de toute la foi, de toute la vie de cette
révolution, qui comptait, grâces à lui, quatorze années de triomphe sur le monde ! On
vit reparaître alors les grands traîtres qui
avaient traversé les dernières années de Ziska : les Rosenberg, les Maison-Neuve, et un
certain Riesenberg, qui jurèrent la perte des

Taborites. Ils se jetèrent sur la nouvelle
ville, où commandaient les Orphelins et les
Taborites, et les taillèrent en pièces. Quinze
à vingt mille hommes de ce parti périrent dans
cette horrible journée (1) Procope l Petit,
qui y était venu combattre le concordat,
échappa à grand'pein e à ce désastre, et alla
rejoindre Procope le Grand devant Pilsen.
Cette nouvelle releva le courage des assiégés, qui insultaient Procope du ha ut de leurs
murailles, et lui conseillaient ironiquement
d'aller *secourir les siens au lieu d'a tt aquer les
autres.* C'était le jour de Saint Stanislas, une
grande fête pour toute la Bohême, et qui sem
bla néfaste aux Taborites. Ils levèrent le sié
ge précipitamment, et marchèrent sur Prague, dont ils ravagèrent les environs ; puis ils
coururent à Cuttemberg, d'où Procope écri-

(1) 6 Mai 1434.

vit à ses confédérés, aux villes de son parti,
à tous les corps épars d'Orphelins et d'Orébites de venir à lui, pour mourir avec lui ou
recouvrer Prague sur le parti des traîtres.
Les seigneurs, de leur côté, écrivirent aux
villes de leur parti que le moment était venu
d'écraser le parti des exaltés et des furieux;
et les deux armées se trouvèrent en présence
à quatre milles de Prague. Procope n'avait
pas résolu de compromettre toutes ses forces
dans un combat si soudain. Il eût voulu aller
droit à Prague, certain qu'il n'aurait qu'à se
montrer pour s'en faire ouvrir les portes. Les
seigneurs le savaient bien, et étaient résolus
de ne point l'y laisser arriver. Ils fondirent
sur ses retranchements à l'improviste, et les
enfoncèrent. C'était la première fois que les
Taborites voyaient la cavalerie se faire passage au travers de leurs redoutables charriots.
Ils reculèrent émus et comme frappés de la

révélation de leur destinée. Procope, à la tête
de sa phalange d'élite, se jeta au milieu des
ennemis et leur disputa la victoire *moins
vaincu que las de vaincre*, dit Ænéas Sylvius,
Mais enveloppé par la cavalerie, il tomba
frappé mortellement, sans qu'on ait su d'où
partait le coup. On en accusa un chef de sa
propre armée, gagné par l'argent ou les promesses de l'autre parti ; ce traître lui-même
s'en vanta à tort ou à raison par la suite. La
corruption triomphait donc jusque sur les
champs de bataille. Czapeck, chef Taborite
qui s'était distingué en Prusse, fit aussi défection. O patriciens , chefs d'armée ou
hommes d'État, c'est par vous que se font,
dans l'histoire, ces hideuses transactions par
lesquelles votre cause périt, en même temps
que votre fortune s'élève ou se préserve.
Procope le Petit tomba aussi percé de coups en
se défendant vaillamment. Les traîtres pri-

rent la fuite, et ne furent point poursuivis.
Les fidèles périrent. « Telle fut la fin de ces
« redoutables chefs et des Taborites jus-
« qu'alors invincbles. Ainsi arriva ce que
« Sigismond avait prédit : *que les Bohémiens*
« *ne pouvaient être vaincus que par les Bohé-*
« *miens*. » Après la victoire, le seigneur de
Maison-Neuve choisit les meilleurs et les plus
aguerris parmi les prisonniers, les fidèles
compagnons de Ziska et de Procope, et les
ayant fait entrèr dans une grange, où il leur
promettait de les gracier et de les enrôler
pour la guerre contre Sigismond, il mit le
feu à ce bâtiment et les fit tous brûler. Les
troupes Catholiques de Pilsen, qui avaient pris
part à la bataille, égorgèrent leurs prisonniers, au nombre de mille. Ceux de Prague
épargnèrent, dit-on, les leurs, pensant,
comme Frédéric le Grand des Jésuites, qu'il
était fort utile d'en garder pour la graine.

Par la suite, ils eurent à se repentir de n'en
avoir pas gardé davantage.

Ænéas Sylvius, en racontant ces évènements,
fait ainsi le portrait des victimes : «C'étaient des
«hommes noirs, endurcis au vent et au soleil,
«et nourris à la fumée des camps. Ils avaient
«l'aspect terrible et affreux, les yeux d'ai-
«gle, les cheveux hérissés, une longue bar-
«be, des corps d'une hauteur prodigieuse,
«des membres tout velus, et la peau si dure
«qu'on eût dit qu'elle aurait résisté au fer
«comme une cuirasse. » Ne dirait-on pas
d'une race de sauvages importée en Bohême
du fond de l'Océanie? ou bien ces hommes
intrépides, couchés dans le sang et dans la
poussière, faisaient-ils encore peur au secrétaire intrigant de Sigismond, à l'écrivain
hypocrite, athée et fanatique en même temps,
à ce lâche des lâches qui fut pape sous le nom
de Pie II? Mais si l'habitude de la guerre et

le farouche exercice de ses droits les plus im-
placables avaient le don de transformer ainsi
en bêtes immondes ces effrayants soldats de
la liberté, n'est-il pas à craindre que l'évêque
de fer, l'énergique Sbinko, le cardinal de
Winchester et le légat Julien lui-même, avec
bien d'autres prélats et saints pères du concile, n'eussent aussi l'œil d'aigle, la peau noi-
re, velue et dure comme l'acier ?

Il y avait encore quelques Taborites retran-
chés à Lomnety et sur le Tabor. Ils firent une
tentative pour se réunir avec leurs armes et
leurs charriots ; ils voulaient lutter encore,
ils juraient de venger la mort de Procope.
Mais Ulric Rosenberg les intercepta, et livra
un combat à ceux de Tabor, où, malgré leur
petit nombre, ils *se défendirent comme des
lions*, depuis midi jusqu'à minuit. Ils n'étaient
que trois cents, comme aux Thermopyles !
Enfin ils furent égorgés dans les ténèbres

on entendit leurs cris d'un grand mille de Bohême. Ils protestaient, en succombant, contre
la tyrannie qui s'apprêtait à les venger. Les
échos de la Bohême répétèrent ce cri terrible
de vallée en vallée. C'était le dernier cri de la
liberté.

L'histoire de Tabor n'est pourtant pas fi-
nie. Il restait quelques prêtres et des fidèles
dispersés et désespérés. Sigismond allait revenir, la main sur son cœur, la cocarde Calixtine au chapeau, et la *Marseillaise* Bohémienne sur les lèvres, en attendant qu'il
relevât les forteresses de Prague, et qu'il mît
le concordat dans sa poche. Mais les docteurs
de la foi Taborite conservaient dans leurs
âmes, comme un dépôt sacré, la grande doctrine de l'Egalité, formulée sous le symbole
de la coupe. Cette doctrine, élaborée par eux,
continue une lutte religieuse et philosophique,
tout aussi importante dans l'histoire de la ré-

volution Hussite que les combats et les victoires de Ziska et de Procope. Nous reverrons
à Tabor même ces vieux et augustes débris
de la foi aux prises avec l'éloquence falla-
cieuse d'un pape. Nous regrettons que l'espace nous manque ici pour transcrire ces
précieux documents et d'autres, qui jettent
un grand jour sur les doctrines de l'Eglise et
de l'Hérésie. Nous y reviendrons, dans un
travail plus étendu et plus complet. Nous
n'avons fait ici qu'extraire à la hâte, pour la
commodité des lectrices, un livre difficile à
lire, et un peu pâle de sentiments et d'opinions, en ne craignant pas d y suppléer par-
fois, selon notre inspiration et notre conscience.

FIN.

Imprimerie hydrauliqu e d GIROUX et VIALAT,
Saint-Denis-du-Por t, pr ès Lagny.

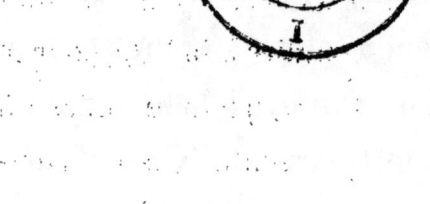

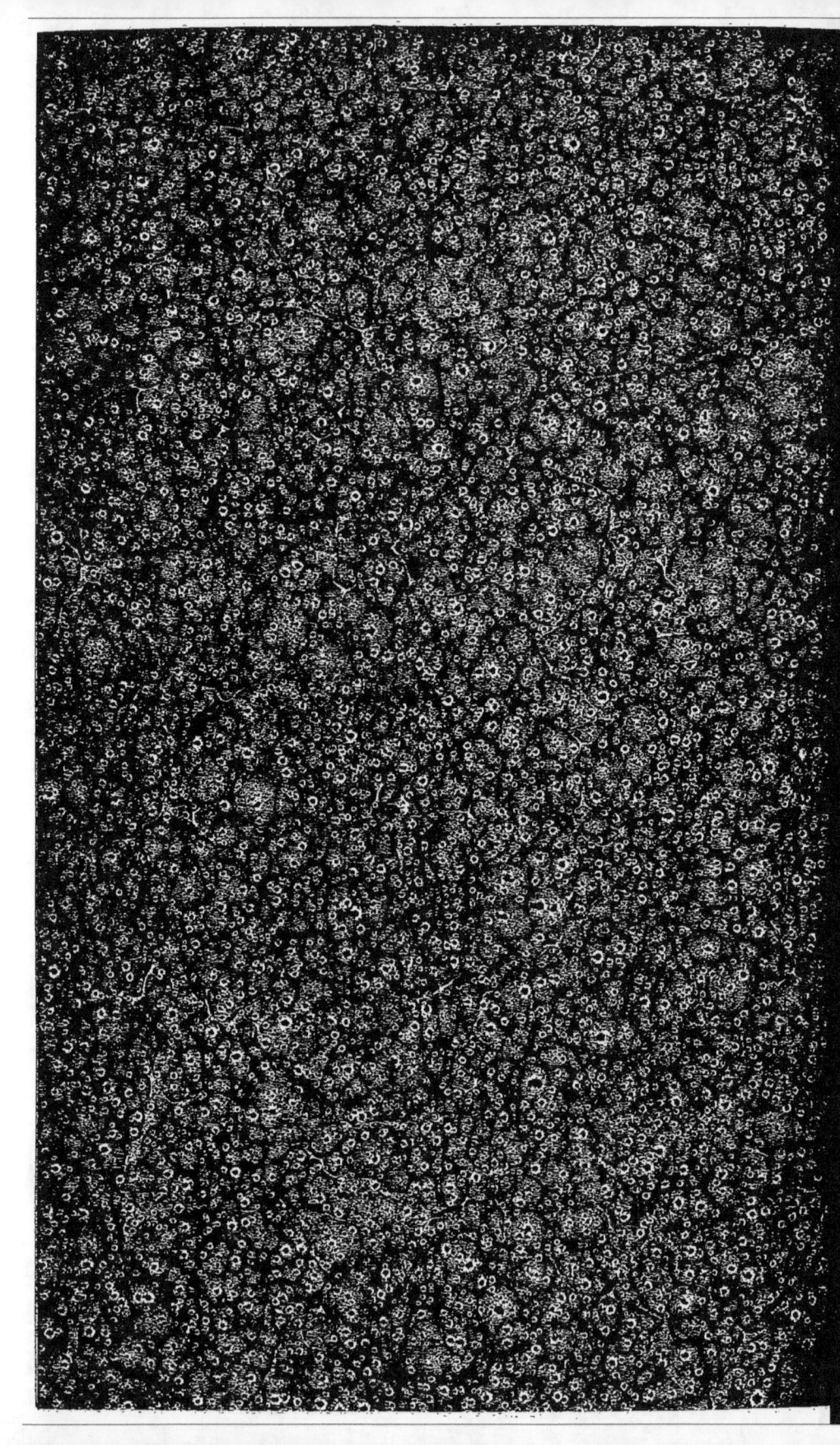

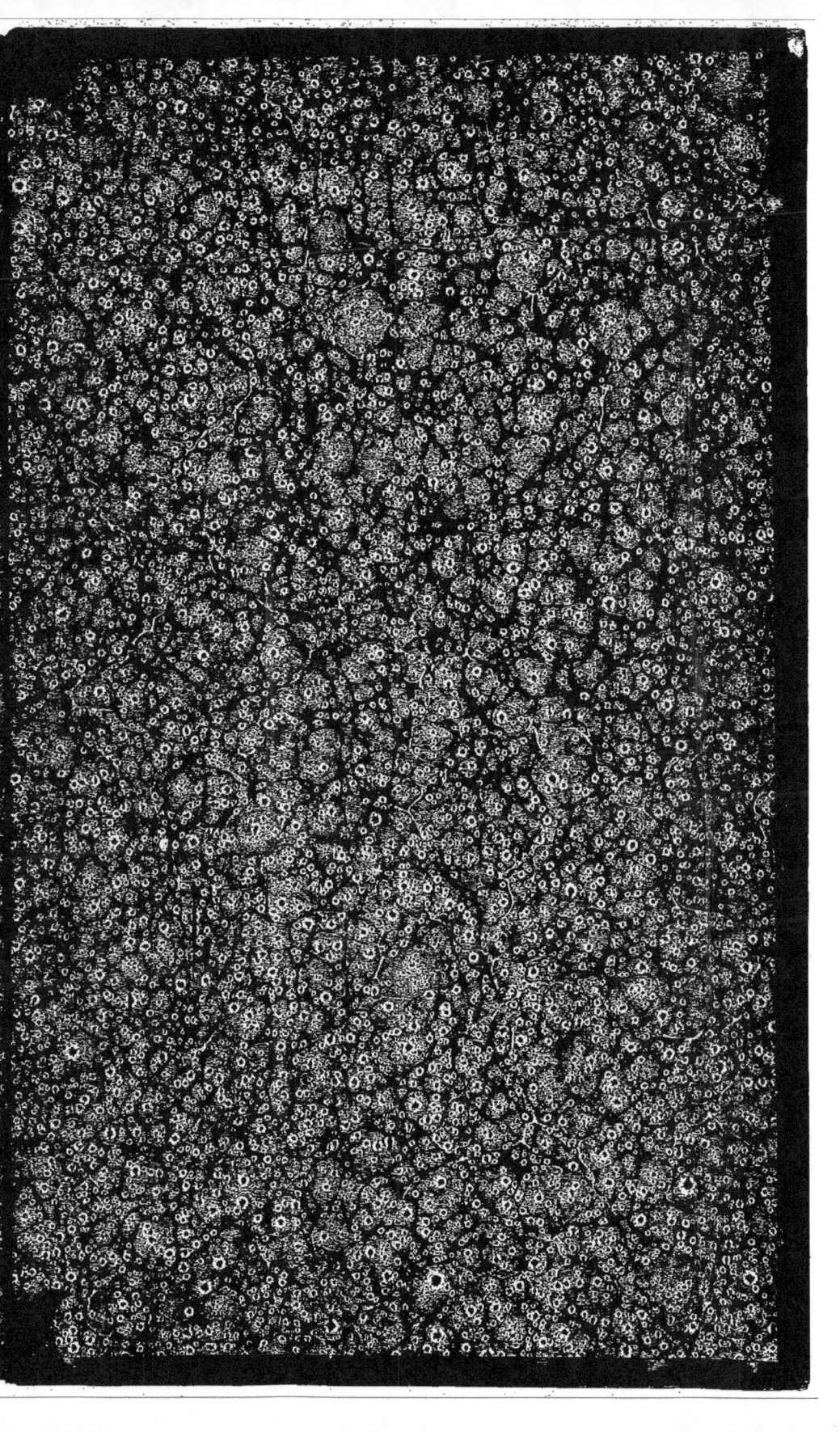

www.ingramcontent.com/pod-product-compliance
Lightning Source LLC
Chambersburg PA
CBHW070332030726
47505CB00004B/1177